Illustration:
NAJI yanagida

転生したら
ドラゴンの
卵だった
～最強以外
目指さねぇ～

転生したらドラゴンの卵だった

～最強以外目指さねぇ～

12

猫子 Necoco
ILLUSTRATION
NAJI柳田

CHARACTER

オネイロス〚イルシア〛

本作の主人公。転生したら卵の姿だったものの、必死のLv上げのかいあって順調に進化を遂げ、ついにランクLの頂にたどり着いた。明るく前向きだが、優しすぎる性格が玉に瑕。

ヴォルク
“竜狩り”と呼ばれる凄腕の冒険者。イルシアと馬が合うらしく行動を共にしている。

アロ
アンデッドの少女。命を与えてくれたイルシアのことを敬愛している。

黒蜥蜴
イルシアに対して絶対的信頼を寄せる魔物。猛毒を扱うスペシャリスト。

ハウグレー
伝説の剣士と呼ばれる小柄な老人。倒した魔物を食すことから“悪食家”の異名ももつ。

リリクシーラ
“救国の聖女”と呼ばれる女性。目的のためなら手段を選ばない冷酷さをもつ。

アルアネ
大監獄の地下牢で100年囚われていた吸血鬼。聖女に協力していたが、トレントに打ち倒された。

これまでのあらすじ

凶悪な魔物が多く棲まう
“最東の異境地”でレベルを上げ、
“ランクL《伝説級》”の頂へとたどり着いたイルシア。
彼がもつ【人間道】【修羅道】の【神聖スキル】を
奪いに来た聖女リリクシーラとついに対峙することとなったが、
リリクシーラの策略により
イルシアの仲間たちは散り散りで戦うこととなってしまう。

伝説の剣士であり『悪食家』と呼ばれる老人ハウグレー、
大監獄の地下牢で100年囚われていた吸血鬼の少女アルアネを筆頭に
聖騎士などの大軍を率いるリリクシーラに対し
少数で対抗することになったイルシアたちは苦戦を強いられていた。

イルシアが足止めを食らう中、剣士ヴォルクはハウグレーを相手取り、
アンデッドの少女アロと木偶のトレントは
人質となった仲間を助けるべくアルアネと対峙することとなるが
血を操って何度でも甦るアルアネに対し、
戦闘が苦手なトレントを庇いながらの戦いとなるアロは
疲弊していく一方で徐々に追い込まれ、打ち倒されてしまう。

これまでずっと仲間に守られ、戦いから逃げてきてはいたが
仲間想いな仲間たちを誰よりも愛するトレントは
「全員揃って生還する」という強い願いを胸に
たった一人でアルアネに立ち向かう決心をする。

「貴様だけは、私が地獄へ道連れにする」

CONTENTS

第1話　剣神の領域

1　―ヴォルクー―

我は空を見上げる。聖女を追って飛び立ったイルシアの後を、蠅《はえ》の悪魔ベルゼバブが追いかけていくのが見えた。だが、イルシアならば恐らく、あの蠅の悪魔を退けることも、聖女を倒し切ることも、今となってはそこまで困難な課題ではないはずであった。

最東の異境地における聖女リリクシーラとの戦いも、終結へと近づきつつある。既に聖女の聖騎士団は、これまでの戦闘でほぼ壊滅状態であるはずだ。聖女の主戦力の一角であったアルアネは、アロとトレントがどうにかしてくれるはずであると信じている。

聖女には最早《もはや》、策を弄するだけの戦力が残っていない。そして純粋な力比べであれば、オネイロスの圧倒的な力に敵う相手がいるとは思えない。

……だからこそ、我は目の前に立つ矮軀《わいく》の老人、ハウグレーを、ここで必ず倒し切らなければならないのだ。

「……竜狩りのヴォルクよ。まさか、あれだけまともに刃を受けて、戻ってくることができるとは思っておらんかった。ここまで頑丈な人間は初めて見る」

ハウグレーが我へとそう口にした。

聖女の駒として、ハウグレーをこれ以上残すわけにはいかぬ。我がハウグレーを倒すことさえできれば、イルシアは聖女を倒すことができるはずであった。

ハウグレーは、決して力だけでは敵わない相手であった。何せ、圧倒的に膂力《りょりょく》や魔力、速さで勝るはずのイルシアでさえも、ハウグレーにただ一撃当てることさえできずに、この老人の剣の前に翻弄され続けていたのだ。

ハウグレーだけは、我が倒さねばならない。

前にハウグレーに敗れた際に、我が確信したことがあった。ハウグレーは、剣士でなければ絶対に勝てない相手だということである。

イルシアでもアロでも、ハウグレーには追い付けない。伝説の剣豪……恐らく、史上最強であり、最高の剣士である悪食家ハウグレー。この老人こそが、圧倒的な力を有するイルシアを倒すための聖女の切り札であったのだ。

勝てる見込みがあるとすれば、同じ剣士の土俵に立った上で身体能力の優位を押し付けられる、我以外にいない。ハウグレーだけは、我にしか倒せない相手なのだ。

我は極薄の刃《やいば》の大剣を握りしめる。我が〖ディメンション〗に保管していた二本目の剣、〖破壊神ドルディナ』と称される剣である。

破壊神を冠するおどろおどろしい名前ではあるが、リーチに反した軽さが最大の強みであり、それを活かした繊細な剣技と立ち回りが要される。武骨なレラルやバンダースナッチとは対極に位置する剣であるといえた。

もっとも、我の性に合っているのはバンダースナッチのような、豪快に戦うことのできる剣なのだが……今回ばかりは、アレでは通用しないであろう。『燻《いぶ》り狂う牙バンダースナッチ』は魔物の呪念《じゅねん》が宿っており、担い手を狂戦士へと導く。

それでは駄目なのだ。今回の敵は……ちょっとやそっと速さや力を得たとしても、勢い任せで敵う相手では絶対にない。

何せ、イルシアでさえ圧倒されていたのだ。この戦いに一切の小細工は通用しない。故に、戦いの中で多くの選択肢が取れる、読み合いに強いこの剣を選んだのだ。

「一度目は手心を加えた。だが、二度目はない。ワシの甘さで同じ過ちを繰り返し、聖女様らの足を引っ張るわけにはいかんのでな」

ハウグレーが我に向けて短剣を構える。

「これ以上は、ワシの信念に反するところである。竜狩りのヴォルク……そちにとっても、侮蔑となろうよ」

一度剣を交え、イルシアとの戦い振りを見た今だからこそ断言できる。ただの一剣士がオネイロスを一方的に攻撃するなど……そんな伝説も神話も、どこにもありはしない。ハウグレーの強さはあまりに異端なのだ。

それこそ我の人生の憧れでもあった、誇張したとしか思えなかったハウグレーの伝説の数々さえも、本物を目にした今ではすっかりと色褪せてしまった。

常であれば、伝説とは誇張されるものであろう。しかし、ハウグレーにおいてのみ、そうはならない。ハウグレーの伝説とは、ただハウグレーの歩いてきた道を、雑に、断片的に書き残したものでしかなかったのだ。

ハウグレーの強さが正確に伝えられていなかった理由は、今となっては理解できる。この戦いは、千年聖国を中心に語り継がれることとなるかもしれない。だとしても、そこにハウグレーの功績が残ることはないだろう。

事実を聞いた民衆達は、きっと他の何を受け入れても、ハウグレーの戦いだけは信じられまい。それは彼の強さが、常人の理解の外にあるためだ。

イルシアもなぜ自身がハウグレーに後れを取っているのか理解が及ばず、戸惑いながら戦っているようであった。自身より遥かに遅いハウグレーに対して、なぜか攻撃が当たらず、相手は常に自身の死角にいつの間にか入り込んでいるのだ。イルシアの目には、ハウグレーの動きが奇術の類としか映らなかったはずである。

同じ剣士である我には、辛うじてハウグレーの技術の片鱗を拾うことができる。……そのためだろう。我にはこの矮軀の老人が、首で雲を穿《うが》つ程の巨人にも思える。

なまじ理解が届くが故に恐ろしい。幼き日に格上の剣豪に挑んだときも、自身より遥かに巨大な竜に挑んだときも、こんな恐怖は感じなかった。

我は死を恐れているつもりはない。この恐怖は、この場で何も成せず、呆気《あっけ》なく一振りの前に犬死にすることを我が予感しているがために違いあるまい。

ハウグレーは我を『その歳でワシと同じ境地にまで到達した若者』と評したが、それは買い被りなのだ。

ハウグレーの強みは極限までに研ぎ澄まされた剣技と戦闘の勘にあるのは間違いないが、それだけでは明らかに説明がつかない不可解な力を何度も、何種類も見せている。

斬りつけた相手に二度目の斬撃を与える不可解な剣技。

浮いていようが唐突に歪《いびつ》な動きを取って相手の狙いを外す不可解な歩術。

直撃したはずの攻撃を完全に打ち消す不可解な防御。

……少なくとも、我がハウグレーの戦いを見て認識しただけで、奴はこの三つの不可解で奇妙な技を持っている。

二度の斬撃は、我が最初の立ち合いでハウグレーより受けた剣技だ。明らかに、一振りで二回斬りつけられていた。奇妙な言い方だが、そう表現する他にないのだ。ハウグレーの刃を受けた直後に、存在しないはずの斬撃が我の身体を襲ったのだ。

一振り目はそこまで大きなダメージではなかった。だが、二度目の謎の斬撃の方はそうではなかった。正体は全く摑めていないが、まるで身体の内側から裂かれるような激痛だった。我はあの一撃で、一度無様に崖底《がけそこ》へと落とされてしまったのだ。こう表現すれば、まるで剣技とは無関係な妖術の類のものに思えるが、しかしはっきりと断言できることがある。二度目の奇妙な斬撃は、間違いなく剣によって斬られた傷であった。

あの三つの技については、我もまるで正体が捉えられていない。我の中で引っかかるものはあるが、まだ点と点が繋がらないでいる。個別にそういうスキルだと認識するしかないが、イルシアが翻弄されていたところを見るに、恐らく単純なスキルによる技術でもないのだ。

ただ一つ、わかることがある。

……謎の斬撃による手数の水増し、歪な動きによる回避、追い込まれた際の絶対防御。確かにこんな技があれば、ステータスに頼らずとも、どんな怪物相手でも純粋な読みの勝負に持ち込むことができるであろう。

回避と防御の技は、少なくとも見かけの上では、ほぼ完全にハウグレーの思考からノータイムで発動しているように思える。ハウグレー相手に読み勝たねば、どれだけステータスで勝っていても一本を取ることは永遠に不可能なのだ。

そういう意味で、ハウグレーはこの上なく完成された剣士である。ハウグレーはあらゆる攻撃に対応する術《すべ》と、あらゆる化け物に攻撃を通す術を併せ持ち、そしてそれを絶対のものにする、恐らくはこの世界で最も優れた戦闘勘を持っている。

戦いの神が、或いは何か世界の土台となる大きな法則が、一人の剣士としての形を成しているかのような存在であった。

「来るがいい、若き剣士よ」

ハウグレーが向かってくる。

剣士として経験を積む内に、我の目に見えてきたものがある。それは、臨戦状態の相手に対する危険領域である。

この位置に入れば自身の対応できない形での剣技が飛んでくるかもしれないという場所は、そうでない場所に比べて、ほんの少し薄暗く見えるのだ。無論、この危険領域は、相手を知れば知る程に精度が上がっていく。

要するに、我の本能が、そしてこれまでに培ってきた戦いの経験が、相手の剣の狙いを教えてくれているのだ。

この危険領域を視覚で察知する能力は、多かれ少なかれ、剣士であれば手にしているものであろうと我は考えている。しかし、我の感知できる危険領域は、他の剣士よりも具体的で正確なものであると、我はそう自負している。

我の強みは持ち前の頑丈さであったため、敵の剣を受ける機会が普通の剣士よりも圧倒的に多かった。普通の剣士であれば死んでいたような怪我を身体に受けたことなど、数え上げれば切りがないほどであろう。

そのため、普通の剣士に比べて圧倒的に『命のやり取りの中で我が避けられなかった剣』について詳しいのだ。

危険領域を避けて立ち回ることで、致命打を避けて戦うことができる。そして、時には敢えてその場所へと飛び込むことで、相手の思惑を外して隙を作ったり、動きを誘って返し技を入れたりする好機となることもある。

我の目には……ハウグレーの周囲一帯に、どす黒い靄《もや》が掛かっているように見えていた。普通、我の見える危険領域とは、錯覚程度のものなのだ。

ここまで明確にはっきりと目に映ったのは初めてのことであった。どこに飛び込んでも死の予感がある。我の戦闘勘が、饒舌《じょうぜつ》にそのことを告げていた。

本当に……悪食家ハウグレーは、我などに敵う相手なのか？

ハウグレーが剣士でなければ戦いの土俵に立つことさえできない魔人であるという我の考えには、間違いはないはずであった。肝心なのは、我程度の剣の腕に、本当にハウグレーに対抗し得るだけの器があるのか、ということであった。

……いや、ここまで来て弱音を吐くなど、我らしくあるまい。イルシアは……我を信じて、我にハウグレーを託していったのだ。

「行くぞ、悪食家！　我は貴様を打ち倒し、世界最強の剣士となる！」

我はハウグレーへと向かって駆け出した。

2

ハウグレーとの間合いが縮まる。我は大剣の柄《つか》を握る手を強く締めた。

一見して、ハウグレーは無警戒であるように見えた。長い刀身を誇る我が〔破壊神ドルディナ〕を前に、彼が手にする短剣はあまりに頼りないはずであった。

それに対する準備が、まるで取れていない。本来であれば、このままリーチ差と膂力を活かして叩き斬れるはずであった。

しかし……我には、今なおハウグレーの周囲一帯全てが、危険領域に思えてならなかった。ハウグレーの近くへと踏み込んだ瞬間、我には対応できない形でハウグレーの刃が飛んでくる。我の本能はそのことを告げていた。

攻撃には二種類ある。認識してから反応できる攻撃と、認識してからでは反応できない攻撃の二つである。

前者は見てから避ければいい。後者は前以《もっ》て備えて、そのような攻撃を打たせない様に立ち回ることで対処する必要がある。

広く知られている剣術の型などは、反応できない攻撃を相手が打てない形を常に維持するように工夫が凝らされているものだ。

無論、それでもカバーしきれる相手の動きには限界がある。どの型の破綻が一番少ないのかということは剣士の間で話題に上ることがあるが、往々にして答えは出ずに斬り合いの喧嘩となって終わることが常である。

認識してからでは反応できない攻撃は、動きを読んで対応するしかない。そういうものなのだ。

そしてハウグレーは、その読みが恐ろしく鋭い。

力任せでは当然通らない。単に相手が認識してからでは反応できない攻撃を狙っても、読み負けて回避されることは目に見えている。

剣技の応酬の中で、ステータス差の利を活かし、完全にハウグレーを追い詰められるパターンに追い込むしかない。そこまで苦労して追い込んでも不可思議な動きでやり過ごされる可能性が高いが、少なくともそこまで持っていけなければ戦いにさえならないのだ。

理詰めでなければ、ハウグレーに刃は届かない。

「『衝撃波』ァ！」

大剣を振るい、刃から『衝撃波』を走らせる。そして速度を上げ、『衝撃波』の後を追う様に駆け出した。

まずは『衝撃波』に対して対処させる。ハウグレーは回避動作を取る必要がある。その隙を突いて攻撃を仕掛ける算段であった。

ハウグレーと我では、純粋な身体能力では我に分がある。この手の詰め方はかなり効果的なはずであった。

だが、どす黒い予感を感じ取った。ハウグレーは、気が付くと我の目前で短剣を振り下ろしていた。瞬間移動でもしたのかと思わされてしまったが、遅れて理解する。

『衝撃波』の横を綺麗に抜け、我の前へと抜けてきた、それだけのことなのだ。だが、動きが最短かつ洗練され過ぎている。

ハウグレーは戦地の刹那に我が『衝撃波』を曲芸染みた動きで回避し、即座に攻撃へと転じたのだ。回避と攻撃を完全に一つの動作で行っていた。

正面から対峙していたというのに、認識の外から現れたとしか思えない。移動速度自体は我より遅いはずだということが受け入れられない。

「くっ……！」

ハウグレーの剣技を受けるため、大剣の刃を盾にすべく引き戻した。

『破壊神ドルディナ』は極薄の刃ではあるが、それは決して脆《もろ》いというわけではない。A級ドラゴンの一撃さえ防ぐことができる代物だ。

ハウグレーは我の前へと動き、そのまま潜り込む様に我の大剣と腕を擦り抜けていた。

「しまっ……！」

腹部に熱が走る。腹部を斬りつけられたのだ。

ハウグレーのステータス自体はそう高くはない。刃を振り切られる前に身体を捩《ねじ》れば、腹部を斬られても重傷には至らない。

あの短剣も、切れ味が凄まじい業物《わざもの》というわけでもなさそうであった。問題なのは……斬られた際に生じる、謎の二発目の斬撃である。

ハウグレーの攻撃は、正体不明の二度目の斬撃の方が遥かにダメージが大きいのだ。こちらを一撃もらえば、その時点で我は戦闘不能に追い込まれかねない。

そしてアレは、身体の内部から発生するような奇妙な斬撃であり、恐らくは発生を許せばその時点で逃れる術はない。

我は身体を大きく反らしながら捩り、地面を蹴ってその場で一回転した。

二度目の斬撃は、発生しなかった。

着地と同時に大剣を構える。ハウグレーは間合いを詰めず、我を睨みつけていた。

「やはり……あのとき回避したのは、マグレではなかったか。まさか、ただ一《ひと》太刀《たち》受けただけで回避してみせる様な天才が、この世界にいたとはの」

ハウグレーの反応を目にして、やはり偶然避けられたわけではなかったらしいと確信を得ることができた。

そう……ハウグレーの二度目の斬撃は、仕組みは全く理解できていないが、辛うじて対処法を得ることができている。

謎の二度目の斬撃は、ハウグレーの振った剣に斬り付けられた部位から、決まった角度だけ逸らされた状態で発生する。全く不可解だが、そうとしか言いようがないのだ。

一度受けただけでそれを察知することができたのは、二度目の斬撃の角度や向きが、あまりに定石外れであったためである。

ハウグレーの様な緻密な剣技を振るう人間が、たまたま出鱈目な斬撃を繰り出したとも思えない。つまり、斬られた瞬間に発生位置やら角度やらは察知することができるので、それを回避する様にほぼ無傷でやり過ごすことができるのである。

無論、わかっていても凌《しの》ぐことは決して簡単なことではない。一撃もらえばそこで我の敗北が決定するが……しかし、対処不可能なわけではない。

「……人外含めて、お前が初めてだ。ワシのこの攻撃を、あの段階から回避できた者はな。本当に惜しい、竜狩りのヴォルク、お前をここで殺さねばならぬことが」

これまで以上の、強烈な殺気をハウグレーより覚えた。我は大剣を構えたまま、無意識の内に半歩程退いていた。

「フン……最強の剣士と称される〖悪食家〗のハウグレーが言っても、皮肉にしかならんぞ。それは挑発のつもりか？」

我は震えそうになる脚を律し、ハウグレーへと強がりを返す。

大丈夫だ。あの斬撃は回避できる。あれさえ潰すことができるのであれば、長期戦に持ち込むことも可能だ。少なくとも一太刀で地に伏せることはなくなる。

「お前はワシなどよりも遥かに恵まれた資質を持っておる。それは……身体能力の成長限界だけの話ではない」

　ハウグレーが語る。

「ワシはかつて、何万という命を屠《ほふ》った傭兵であった。その生き方に疲れたワシは傭兵を辞め、ただ一人で旅をするようになった。食す分の魔物しか狩らぬ生き方を続けていれば……気づけば『悪食家』と、随分と愉快な名で称されるようになっておった。ワシが今の境地に辿り着き、この忌まわしき邪法を得たのは、それから更に何十年も後のことである」

「……忌まわしき、邪法？」

　引っ掛かる言い方であった。

　通常では理解できない類の技であることは察していた。しかし、ハウグレー本人はそれを誇っているものだと考えていた。

　頭の中に引っ掛かるものがあった。

　まさか……この剣技の正体は……。いや、そんなことは有り得るわけがない。

　我は頭に浮かんだ考えを振り払った。くだらぬ妄想に憑《つ》かれていれば、勝てる相手にも勝てなくなってしまうだろう。

　凌ぎ方はわかった。それだけでいいはずだ。

「その一部とはいえ、まさかただ一撃で往《い》なし方を覚えられるとはの。見事なものである。お前は間違いなく、どの点をとってもワシ以上の天才である。ただ、お前は、ワシの前に立つにはあまりに若すぎたのだ」

3

我はハウグレーへと駆ける。

ハウグレーの周囲には依然、死の予感が漂っている。……見えてはいるが、あまりに危険領域が多すぎて、避けて戦うことは不可能だ。

どう考えても、普通であれば戦うこと自体を避けるべき相手だ。我の未熟な剣では、挑むことさえハウグレーの神技に対する侮蔑であるとまで思えた。

我は戦いの中で果てるのであれば本望だと考えていたが……これが戦いだといえるのかは、我にはわからない。あまりにもハウグレーの影が大きすぎる。まるで火山口へと飛び込んでいるような気分であった。

「力量差がわかってなお、自身から飛び込む気力があるとはの」

ハウグレーも前に出る。

気が付くと、ハウグレーは短剣の間合いまで接近していた。

脳裏に次にハウグレーがどう仕掛けてくるかの予測が浮かぶ。ハウグレーのレベル自体がそこまで高くないことを思えば、取れる手は限られてくるはずなのだ。

選択肢の多い我が最善で動き続ければ、必ずハウグレーは動きに破綻を見せざるを得なくなる。

一手先、二手先だけでは駄目なのだ。

考えよ……完全に、ハウグレーを詰め切れる太刀筋を！

短剣と大剣がぶつかり、金属音を打ち鳴らす。一手打ち合うごとに脳内麻薬が駆け巡る。ハウグレーは大剣の威力を逸らし、質量と腕力の差を丁寧に補って対処している。

「……剣筋まで、戦いの中で凄まじい速度で成長している。これまで自身より格上の相手と打ち合ったことがなかったため、その才覚が燻っておったのであろうな。『竜狩り』……お前は本当に恐ろしい男だ」

ハウグレーが上方から打ち込んできた短剣を腕で受け切った。興奮のためか、痛みはほとんどなかった。腕を斬りつけられたことよりも、至近距離で連続してハウグレーと戦えていることへの歓喜があった。

潜り込もうとするハウグレーを返す刃で牽制し、素早く蹴りを放って退かせる。

ハウグレーを『破壊神ドルディナ』の間合いに移動させられた。奴の短剣の刃から遥かに遠い、我にとって理想の間合いであった。

「そこから動かさぬぞ！」

頭で十手先を常に考え続け、ハウグレーがこの間合いから抜けられる型を確実に潰す様に正確に大剣を振っていく。

刹那の破綻でもあれば、ハウグレーはこの牢から抜け出してしまう。脳を酷使し、正確に剣撃を放ち続ける。

間違いなく、我の人生における最高の連続攻撃であった。ハウグレーは表情こそ変えないが、我の連撃に完全に後手に回り、動けなくなっている。

「いい剣筋である。正当な剣士として、正面から勝負してやれぬのが口惜しい。だが、これは試合ではなく、殺し合いであるのでな」

ハウグレーがそう口にした直後、奴の身体が急激に速度を増し、有り得ない速さで横へと跳んで移動した。

極限までに高まった我の集中力は、ハウグレーのその動きを正確に捉えてはいたが、既に振るった剣の軌道を修正することはできなかった。

ハウグレーの謎の動き……上空であろうが自身の位置を瞬時に変えることのできるあの技、イルシア相手に見せていた、奇妙なブレであった。

速さもそうだが、動きに脈絡がなさ過ぎて到底対応できるものではない。なまじ捉えきれそうだっただけに、この動きの反則さ具合がわかる。

ハウグレーは小細工の一切通用しない完成された剣士である。距離を取っての攻撃がまともに当たるわけがない。まず仕留められない。

故にハウグレーの得意とする近接戦闘で挑むしかない。だが……仮に剣技で押し切って有利な盤面を取れたとしても、ハウグレーのこの奇妙な動きがある限り、いつでも自在に形勢をひっくり返されてしまうのだ。

しかし……至近距離から集中して視認した際に、我はハウグレーのこの変わった動き、ブレに、奇妙な感覚を覚えていた。

既視感である。我は全く別の相手から、これと重なる動きを見たことがあったように思えてならなかったのだ。

ハウグレーは我の横に移動し、既に短剣を構えていた。こちらの有効打を完全な形で回避し、隙まで突いてくるなど反則過ぎる。

このままでは、奴の刃を受けることになる。我は大剣を振り降ろす腕を止め、背後に跳んで逃れようとした。だが、間に合わない。ハウグレーが飛び掛かってくる。

我は大剣の腹で攻撃を受け止めようとした。ハウグレーは刃の角度をつけ、我が大剣へと刺突《しとつ》を放った。

「〚鎧《よろい》通し〛」

ハウグレーの短剣が、大剣の刃を貫通した。ドラゴンの一撃さえ防ぐ刃が穿たれ、直後、その全体に罅《ひび》が走る。

「まさか……有り得ぬ！」

ハウグレーの膂力で、『破壊神ドルディナ』の刃を砕けるわけがないのだ。

「硬く薄い物など、弱点を通せばこんなものだ。少なくともワシ相手には、もっと剣を護る様に立ち回るべきだったな。それを盾として用いるなど、以ての外である」

ハウグレーが、折れた大剣を手にする我へと斬り掛かってきた。

我はとにかく背後に逃れる。だが、我の手にはハウグレーの刃を防ぐ武器がない。この間合いでは、回避行動を取ることも難しい。

ハウグレーの短剣が立て続けに我の身体を浅く刻んでいく。ハウグレーの二度目の斬撃は、深く斬られなければ発生しないようであった。

この際、浅い攻撃であればいくら受けようとも構わない。あの二度目の斬撃だけは発動させてはならない。

とにかく我は逃れながら腕や脚などダメージが少なく済む部分を斬らせつつ、折れた大剣を投げ付けて距離を稼いだ。

……すまない、『破壊神ドルディナ』……我の力量が及ばぬばかりに、『月穿つ一振りレラル』と同じ末路を辿らせてしまった。

距離を取れたところで、我は『自己再生』で斬られた部位を再生させていく。

完全に治す必要はない。動くことさえできればいい。戦いの後のことを考える必要など、今はない。元より、ここで敗れればそれまでなのだ。

……ハウグレーを相手取るに当たって、技量のみで戦う『破壊神ドルディィナ』は、最も適している武器であっただろう。変わった特性による小細工や、一撃の重みに頼ることが一切ない。そのリーチと軽さを活かし、ハウグレーに対して我が強みとして持てるものの全てを最上の形でぶつけることができたはずであった。

その『破壊神ドルディィナ』を、今呆気なく失うことになった。だが、泣き言を口にしている余裕はない。

「〖ディメンション〗！」

我は叫び、腕を掲げる。我の手が光り、赤と青の二色に彩られた、禍々《まがまが》しい形状の一振りの大剣が握られた。

「〖燻り狂う牙バンダースナッチ〗か……『破壊神ドルディィナ』に続いてこんなものまで持ち出すとは、随分と剣の収集が好きと見える。勇者ミーアの死後行方知れずになっていた、値の付けられぬ魔剣……まさか、それをお前が持っているとは」

ハウグレーが呟く。

確かに『燻り狂う牙バンダースナッチ』は『破壊神ドルディィナ』以上の名剣ではある。勇者ミーアが、前代の魔獣王の牙を用いて造らせた剣である。世界最高クラスの名剣であり、『燻り狂う牙バンダースナッチ』を欲しがる剣士や蒐集《しゅうしゅう》家は後を絶たない。そのことに間違いはない。

……だが、ハウグレーのステータスを考えれば、剣の威力が上がったとしても大きな変わりはないのだ。

元々、我がただ一撃さえハウグレーに入れることさえできれば、奴はその時点で戦闘不能に陥るはずであった。

武骨で小回りの利かない『燻り狂う牙バンダースナッチ』は、ハウグレー相手であれば本来ならば避けるべきであった。それに、『燻り狂う牙バンダースナッチ』は……担い手にバンダースナッチの狂気が移るという、特性があった。

勢い任せでどうにかなる相手ではない。しかし、他に扱える剣を持っていない以上、『燻り狂う牙バンダースナッチ』に賭けるしかない。

構えた瞬間、視界が赤に染まるのを我は感じた。破壊衝動に襲われる。バンダースナッチの呪念が我を狂気に駆り立てる。

改めてハウグレーを見据える。ハウグレーの周囲一帯を危険領域が覆っているのが見える。バンダースナッチの狂気の赤と合わさり、赤黒く映っていた。

自然、口許《くちもと》が笑っていた。

飛び込めば死地？　そんなものは、イルシアに付いてアルバンの城に乗り込んだ時点で覚悟していたことだった。

激情のままに、本能のままに行け。刃届かず首を刎《は》ねられたとしても、その口で奴の喉許を喰い破ってくれる。

「ハウグレェエエエ！」

我は吠えながら『燻り狂う牙バンダースナッチ』を振るう。

ハウグレーは短剣を構えて攻めに出る。しかし、狙いはカウンターであろう。ハウグレーの周囲の危険領域が薄まっていた。

奴は我が攻勢に出るとみて、身を引いて確実に狩りに来るつもりなのだ。ならば、その回避ごとぶった斬ってやるまでだ。

相手が退くのがわかっているのであれば、深く踏み込んで刃を振るってやればいい。ただ、それだけのことである。

我は地を勢いよく蹴り、大きく踏み込んで大剣の一撃を放った。剣先はハウグレーに僅かに届かなかった。奴が思いの外、遠くまで逃げたのだ。

「理性が飛んだかに見えたが……いい勘だ。だが、まだまだ甘いぞ。たとえ相手の動きを読めたつもりであっても、そんな大きな動作で剣を振るうべきではない。特に、自分よりも経験で優っている相手にはの」

大振りの隙を突いてハウグレーが短剣の間合いへ潜り込んでくる。

我は大きく前に出ながら足を伸ばした。ハウグレーは我の足を擦り抜け、短剣で我が腹部を斬りつけてくる。

腹部に熱と痛みが走る。また続けて、攻めると見せかけて小賢しく引いてくるかと思ったが、どうやら読みを外したか。

我は背後に跳んで刃の傷を軽減しつつ、身体を捩って二度目の斬撃を不発にする。だが……気が付くと身体を捩った先で、ハウグレーが短剣を振るっていた。

「何度も同じ逃れ方をして見逃されると思ったか？」

短剣の刺突が放たれる。我はそれを素手で受け止めた。刃が手の甲へと突き抜けた。だが、今の我に痛みは障害になどならない。指を絡めて短剣を固定した。

「む……」

ハウグレーが顔を顰《しか》める。

「捕まえたぞォォオッ！　ハウグレェエエエ！」

我は動けないはずのハウグレー目掛けて、大剣の一振りをお見舞いする。この一撃でハウグレーの身体を両断するつもりだった。

ハウグレーは短剣の柄を握りながら、身体を宙で側転させて華麗に回避してみせた。そのまま短剣を我が手より強引に引き抜き、宙返りしながら地面へと着地する。

我は即座に距離を詰め、体勢の整いきっていないハウグレーへと大振りを放つ。一撃往なされれば、即座に次の攻撃を振るう。

ハウグレーは我の周囲を軽妙に飛び交いながら短剣で攻撃を往なす。守りに徹しながら、攻撃に転じる機会を探っている。

「理性が飛んだかに見えたが……先程の剣でワシと打ち合った際に学んだことを己の剣筋に組み込み、経験の浅さを本能で補完して立ち回っておるのか。まさか、ここまでの潜在能力を秘めておるとは。聖女様も見誤ったか。この男が、一番厄介ではないか」

斬る。斬る。斬る。

だが、どの我が剣も当たらない。ならば、もっと鋭く、もっと速く振るえ。

ハウグレーの攻撃の、浅い刃は見逃していけ。何打受けようともいい。たった一打入れれば、そこで我の勝ちなのだ。

お互い決定打を持てないまま剣撃が鳴り響く。

「本当に……剣士として戦ってやれぬ、ワシの卑劣さが残念でならぬ。雇われの身なのでな。それに、こんなワシにも成し遂げねばならぬと決めたことがあるのだ」

ハウグレーの動きに破綻が出た。ここを見逃すわけにはいかない。我は腕に力を込め、大剣の一撃を振るった。

ハウグレーの姿がブレる。ハウグレーは絶対に躱《かわ》せないはずだった一撃を容易《たやす》く回避し、短剣を構えて我の隣に立っていた。

だが、その動きは通さない。

「見えているぞハウグレェエエエエエ！」

誘い手であることはわかっていた。でなければ、ハウグレーがあんなわかりやすい隙を、あっさりと我の前に晒してくれるわけがない。

我は大剣の軌道を切り返し、全力で反対側へと放つ。しかし、その大剣の先に……ハウグレーの姿はなかった。

ハウグレーは、連続であの奇妙な動きを使ったのだ。我の目前で、跳び上がりながら短剣を構え、刃を我の首へと向けていた。

大剣では間に合わない、腕でガードする。深く斬られるだろうが、逆の腕で大剣を振るって反撃してくれる。

ハウグレーは直前で短剣をすっと降ろし、我の腕のガードを擦り抜けて、胸部へと鋭い膝蹴りを入れてきた。

我の読みを強引に外してきた。殺気を放ちすぎていたか。反撃を繰り出そうとしているのが見抜かれてしまったのだ。

だが、我は歯を喰いしばって気力を振り絞り、ハウグレーの蹴りに対して仰《の》け反らずに耐えきってみせた。

この位置ならば一撃当ててやれるはずである。我はハウグレー目掛けて、大剣を振るって奴の頭を狙った。

「本当に、頑丈な男だ」

ハウグレーの動きがまたブレた。これまで魔力の消耗を抑えるためか回数を控えていたようだったが、我への認識を改めてか、容赦なく使ってくるようになった。

ハウグレーは胸部を擦り抜け、我の大剣へと組み付いていた。『燻り狂う牙バンダースナッチ』を我から奪うつもりか？

「離すと思ったか！」

我は自身の腕ごとハウグレーを地面へと叩き付けようとした。その瞬間、大剣を握りしめていた手の指に激痛が走った。

間合いを取ったところでハウグレーが着地する。右手には短剣を……加えて、左の手には大剣、『燻り狂う牙バンダースナッチ』を摑んでいた。

い、今、我は何をされたというのだ？　なぜハウグレーが、我の『燻り狂う牙バンダースナッチ』を手にしている？

左手の感覚がない。離したつもりはなかったし、どんなことが起きても離すつもりはなかった。だが、『燻り狂う牙バンダースナッチ』は、間違いなくハウグレーに奪われていた。戦闘中に相手に武器を奪われるなど、剣士としてあってはならないことである。

『燻り狂う牙バンダースナッチ』を手放したことで……思考が鮮明になってくる。我は自身の腕、指先へと意識の一部を向けて確認する。

くすり指が、根元から抉《えぐ》られている。残りの指も全て捩られていた。どうやらハウグレーに『燻り狂う牙バンダースナッチ』の柄を回されたらしい。

「思いの外、本体に隙がなかったのでな。見事なものだ。ワシも戦いが終わる前に聖女様に加担する義理があるので、時間を掛けてはいられん。こういう手を取らせてもらった」

……あの一瞬に我の大剣を握る手の指の中枢を正確に落とし、大剣を捩って我の腕から強奪したというのか。

「敵に剣を奪われたことを恥と思うな。それほど強情に握っていたのは、お前が初めてだ。その指の歪みが何よりの証明である」

ハウグレーが二つの剣を構えながら口にする。

我は背後に跳びながら、必死に〖自己再生〗で指を戻す。剣が使えなくなれば、そこで戦いが終わったも同然である。指は最優先で再生させる必要があった。

しかし……どういうことだ？　ハウグレーは〖燻り狂う牙バンダースナッチ〗を手にしている。あの魔剣には、かつて魔獣王であった、バンダースナッチの呪念が宿っているのだ。所有者は狂気に狩られるはずである。

だというのに……なぜ、ハウグレーはあれほど冷静にいられる？

「驚いているようだな。激情を制御する術は、ワシは修行の旅の中でとうに身につけておる。お前も、多少は抗えるのであろう？」

ハウグレーが軽く大剣を試し振りしながら口にする。

ここに来て……また、新たに格の違いを見せつけられた。確かに多少の思考能力は残せるが、ハウグレーのそれは全く平常時と変わりなく見える。仮に何百年修行を積もうと、この領域に達せるとは思えない。

こんな人間が、存在しているものなのか……？　ハウグレーは、どの点を取ってもあまりに異常すぎる。

「戦意を失った相手を殺すのは性分に合わぬが……お前は二度目なのでな。それに、まだ諦めていないのだろう？　来るがよい」

4

……『破壊神ドルディィナ』は砕かれ、『燻り狂う牙バンダースナッチ』は奪われた。我は、二本の剣を失うことになった。

我の剣は、もう一本しか残されていない。ハウグレーとの戦いで使うことになるとは思っていなかったが……仕方ない。

「〘ディメンション〙」

我は唱えながら腕を掲げる。自身の手中に、赤黒い一振りの剣が現れる。

「その剣の輝きは……まさか、勇者ミーアの神叛《しんはん》の刃か」

ハウグレーの言葉通り、この剣は元勇者ミーアの配下であった、クレイブレイブに持たされていたものだ。

正式な名は『刻命のレーヴァテイン』。イルシアが試練を受けた際、後に残されていたものを回収していたのだ。

イルシアはこの剣について、所有者に絶大な力を与えるが、その代償として振るうたびに命を削る魔剣だという。

はっきりいって、ハウグレーを相手取るのにはあまり意味がない。過ぎた力だ。ハウグレーの身体能力自体は聖騎士団の雑兵と同じ程度に過ぎないのだから。力や速さという点では、我も後れを取っているつもりはない。

ハウグレーの異様な歩術、正体の摑めない剣術も厄介だが、それは奴の一番の武器ではない。奴の最大の武器は、精巧過ぎる剣筋と動き、読みの鋭さにある。

あの妙な力をハウグレー以外の者が持っていたとしても、恐らくは大した脅威にはなり得ないであろう。ハウグレーが正確に我の動きを読んで使ってくるため、結果として対応不可能の反則技として映っているのだ。

こちらが武器で威力を水増ししたところであまり意味はない。だからこそ、実力勝負で強みを活かせる『破壊神ドルディナ』で勝負をつけたかった。

しかし、我にはもう、この剣しか残されていない。

「……聖女様の手先となったワシに挑むために、その剣を振るう者が現れるとはの。運命なのかもしれんな」

ハウグレーが呟く。

「ここまで本気で戦うことになったのは、ワシの生涯で初めてのことだ。本当に驚かされたが、終わりにしよう」

ハウグレーが二本の剣の刃の先を我へと向ける。

「イルシア相手は、本気でなかったと?」

「侮って言っているわけではない。しかし、あの竜は剣士でなかったため、必要なかったというだけの話だ」

「……そんなことが言えるのは、世界で貴様だけであろうな」

ハウグレーの言葉の意味は分かる。ハウグレーは、的確に追い詰めなければ絶対に刃を届かせることができない。

範囲攻撃や身体能力の差は無論有利には働くが、剣士の理詰めでなければどう足掻《あが》いても捉えきれないイレギュラーな力を持っている。

「参るぞ」

ハウグレーが姿勢を落とし、地面を蹴った。ハウグレーが刃を振った瞬間その姿が視界から消え、唐突に目前に現れていた。

やられた。完全に反応できなかったが、恐らく我の剣士としての勘の隙を突き、あの奇妙な動きで接近してきたのだ。

戦闘の勘とは詰まるところ、こう来るはずだという膨大な過去のパターンから相手の動きを予測することに他ならない。前例にないハウグレーのあの反則的な動きに対しては、むしろ足を引っ張る結果になりかねなかった。

我はハウグレーの大剣の一撃を防いだが、その瞬間に腹部に激痛が走った。短剣の方で、横っ腹を斬られたのだ。

二度目の斬撃に対応するには、身体を捻《ひね》って回避する必要がある。

いや……違う！　奴の二度目の斬撃には、大きな枷《かせ》がある。決まった向きにしか斬撃を発動させられず、ハウグレーのその後の動きにもどうやら縛りがあるようであった。

ならば、そのハウグレーの移動先に刃を叩き込めば、二度目の斬撃を受ける代わりにハウグレーを斬れる！

我は振り返りながら、想定のハウグレーの座標へと思い切り大剣を振るった。二度目の斬撃を狙っていれば、ハウグレーはこの刃の先に移動しているはずだ。

ハウグレーは我の予測と同じ動きをしていた。

そのとき、しっかりと見えた。ハウグレーの剣が、僅かに光を帯びていたのだ。その刃を伝う光に、我は見覚えがあった。

見間違えではないはずだ。あのスキルは、我も使うことができる。間違いなく『破魔の刃』であった。刃に魔力の光を伝わせることで魔力を切断する力を付与し、剣技によって魔法現象を破壊するスキルである。

『破魔の刃』は魔術師が天敵になりやすい剣士にとって、重要なスキルである。我も何度も助けられてきた。

なぜハウグレーが、今あのスキルを使っていた？

「少し安易過ぎたか」

ハウグレーがまた歪な動きで、我の刃を擦り抜けて高速で遠ざかる。

この動きも、もう何度目にしたことかわからない。今までも引っ掛かるところはあった。妙な既視感があったのだ。

ハウグレーが歪な動きを始めたその瞬間、これがどういう動きで、どこに着地するのか、我の頭で理解できた。

我はハウグレーの動きを直感のままに読み取って、目線を動かした。妙な移動術で動く途中のハウグレーと、目が合った。奴も、我を見て驚いていた。

まさかと思ったが、これに賭けるしかない。

二歩大きく踏み込み一閃《いっせん》を放つ。高速移動するハウグレーの軌道と、我の刃がかち合った。

ハウグレーの身体が、大きく逆方向へと弾き飛ばされていく。ハウグレーが離れたところに着地し、無表情で膝を突いた。

遅れて我は、自分のやったことに気が付いた。ハウグレーの奇妙な歩術を、今、完全に見切ったのだ。停止位置ではなく、移動中に完全に合わせることができた。

イルシアの攻撃さえ往なしていた謎の防御手段で防がれていたようだが、これまでの戦いを見るに、アレはあまり使いたがっていなかった。恐らく、魔力消耗が高いのだ。そう気軽に使える技ではないはずであった。

「……まさか、本当に破られるとはの」

しかし、ハウグレーはそう言うが、未だに我はその仕組みはわからないでいた。

ただ、間違いないことはある。二度目の斬撃は〖神速の一閃〗の動きが流用されており、剣に〖破魔の刃〗と〖鎧通し〗の効果が付与されている。

そして窮地に異様な速度で敵の攻撃を回避するあの歩術には、〖神速の一閃〗と〖ハイジャンプ〗の動きが組み込まれている。

しかし、単にスキルを合わせて使っただけでは、絶対にあんな奇妙な斬撃や、歪な動きにはならない。そこの正体は依然不明なままであった。だが、あの奇妙な斬撃や動きの規則性は、これで理解することができる。

元より、格上の剣士との戦闘を持ち前のタフさで引き延ばし、相手の剣術を暴いた上で取り込むのは我の得意分野ではあった。今回は、それが最大限に活かされる形になった。

だが、知れば知る程、ハウグレーの異様さが際立つ。ここまでわかった上で考察を進めても、やはりハウグレーのあの奇術は、どう足掻いてもあり得ないとしか結論付けられない。

「一体貴様は、何をした……？」

我は問わずにはいられなかった。答えがあるとは思っていなかった。だが、ハウグレーは口に微かに笑みを浮かべ、寂しげに答えた。

「この世界には、幾つもの粗《あら》がある。皮肉にも、戦争を経て生命の尊さに気づき、食す分しか殺さないと誓ったワシが、剣の旅の果てに至った真理だ」

我は戦闘中にも拘《かかわ》らず、辛うじて大剣を構えたまま呆然と口を開けていた。

5

「剣技を極限まで追求していけば、どうしても感覚とは摺《す》り合わせ切れない法則があることに辿り着く。特にワシのスキルは、その法則を悪用する起点となり得るものばかりだった」

ハウグレーが話を始める。だが、何を言いたいのか、さっぱりわからなかった。これは本当に、あのハウグレーの剣技に関する話なのか……？

「何の話を……」

「小さな……ほんの小さな、ほとんどの者は、一切の違和感さえ抱かずに生涯を終えるであろう、そんな些細なズレである。だが、その僅かな隙間に針を突いて広げていけば、ズレは大きな結果として反映される」

ハウグレーが寂しげに、淡々と言葉を続ける。今我は、恐ろしいこの世界の真実を聞かされているのではなかろうか。

「小さなズレが広げられ、目に見える結果として現れたとき……この世界は存在しない斬撃を誤認して、それを実在するものとして扱うのだ。重力による拘束を忘れ、受けるべき衝撃さえ身体に伝わらなくなる」

ハウグレーの言っていることは理解できない。だが、奴の口にしているものは、間違いなくあの三つの異様な技を示していた。

「こんなワシ如きが、世界最強の剣士だのと大層な通り名を得るに至った奥義だ。この世界は、ただの造り物である」

「……こ、この世界が、造り物だと？」

我は動揺した。この世界が造り物だなど、突然言われても素直に呑《の》み込めるようなことではない。しかし、ハウグレーが自身の言葉に確信を持っているということは、その哀しげな声色から充分に伝わってきた。

ハウグレーは戦争の殺し合いの末に命を重んじて、殺した魔物は食べる、食べない魔物は殺さないという信条を掲げていたことで有名である。その旅の途中で事実を悟ったのだろう。

重んじてきた生命の全てが造り物であったことと、全てを懸けて極めてきた剣の行き着く先が世界の粗だったということ。これはハウグレーの人生を二重に否定するものであっただろうと、そのことは容易に想像がつく。

今ならば、ハウグレーが自身で編み出したこの奇怪な剣技を、邪法と呼んで忌み嫌っていたことも理解できる。

だが……奴の言葉自体を、我が信じられない。世界が造り物ということが何を示すのか、それさえ我にはわからない。

ただ、ハウグレーが世界最強の剣士であるというその事実、彼の剣の技量と正体不明の技術が、それがただの妄言でないことを証明していた。

奴の言葉の意味はわからない。しかし、一つだけ理解できたことがある。

――ハウグレーは学者や魔術師達が見つけられなかった世界の何らかの真相を、ただ剣を振り続けるだけで暴いたという事実である。

世界が造り物だと気付いたという言葉をそのまま捉えるなら、ハウグレーは剣一本で神さえ欺いたということになる。

この事実は、異様な世界の法則を味方につけた技ではなく、そう至るまでに剣を極めたハウグレー自身が恐ろしいのだと我に再確認させた。

『燻り狂う牙バンダースナッチ』を持って平然としているはずである。剣一つで神を欺き、世界の理《ことわり》を自在に操るハウグレーにとって、怒りや狂気による思考妨害など、どうとでもなってしまうことに過ぎなかったのだ。

世界最強の剣士、そんな大きすぎて現実味に欠ける称号さえ、ハウグレーの前では霞む。ハウグレーより剣に長けた男など、いくら時代を遡《さかのぼ》っても存在するわけがない。何の誇張でも比喩でもなく、ただの事実として、ハウグレーは神域に達した剣士であった。

「『破魔の刃』を経由して『鎧通し』と『神速の一閃』を変化させることで、一振りを二振りと世界に誤認させる剣技を『夢狼《むろう》』。己の剣を蹴って連続的に『ハイジャンプ』を操りながら、同時に『神速の一閃』を小刻みに使うことで最高速を維持しつつ『ハイジャンプ』の枷を壊す歩術を『影狐《かげぎつね》』。『影狐』の応用で、相手の攻撃を受け流して我が身に衝撃を通さない技を『護り貝』。この三つを、ワシはそう呼んでいる」

ハウグレーが両手で大剣と短剣を振るい、我へと構え直す。

「……随分と、親切に教えてくれることだ」

恐らく嘘は吐《つ》いていない。ハウグレーはつまらない嘘を吐く性分ではないであろうし、三つの技の特徴は我の考察と完全に合致している。

「戦いの中でここまで答えを得たことに対する、礼儀のようなものだ。要するに、ワシの自己満足であるのだがな。だが、知ったからといって対応が容易になるものではない。それに……お前を殺す技の名くらい、知っておきたいであろう?」

　ハウグレーが我を睨みつける。

　あの剣技の正体さえ摑めれば、ハウグレーとの距離が縮まると思っていた。だが、我は、最初の接触よりも、ハウグレーの姿がずっと大きくなった様に感じていた。

　知れば知る程、己とハウグレーの距離が、格の違いが、明らかになっていった。こんな男に、本当に我が敵うのか……？

「なぜだ、ハウグレー！　なぜ貴様程の男が、あんな聖女につくというのだ！」

　我は思わず叫んでいた。ハウグレー程の剣士があんな女に従うなど、我にはどうしても納得がいかなかった。

「ワシ程、というのは買い被りであるな。身勝手にもこの老いぼれは、自身の歩んできた人生の意味を見失ったまま消えるのが恐ろしいのだ。ただ、それだけに過ぎぬ。聖女様を経由して、この世界の意義を、そして真実を、神に問う。それがワシの目的だ」

　言葉には一切の迷いがなかった。説得の類は不可能だ。

「終わらせるぞ、竜狩り！　お前の全てを見せてみよ！」

　ハウグレーが駆けてくる。

　今までとは気迫が違う。ハウグレーは既に我との戦いにおける目標を、消耗を抑えて簡単に終わらせることではなく、ただ勝利することに切り替えている。

　恐らくハウグレーも、ここまで戦いが長引き、自身の動きが見切られ始めるようなことがあるとは、思っていなかったのだ。

実際、我には『自己再生』があるとはいえ、ここまで生きながらえているのも、奴の動きの片鱗を掴むことができたのも、奇跡としか言いようがない。ここまでハウグレーとの戦いの中で、何かが少し違えば殺されていたような場面が何度もあった。

己より格上の剣士と技量で渡り合うには、その者と同格の剣士と戦って慣れるしかない。一見矛盾しているようだが、これは真理である。

長く渡り合ったことで、我はハウグレーの動きが多少は見えるようになってきていた。最初は全く対応できなかったハウグレーの動きも、今では少しは追いつける。

ハウグレーの、存在しない二振り目の斬撃……『夢狼』とやらは、既に発動自体を封じる動き方を身につけている。もう、二度とあの斬撃をくらいはしない。ハウグレーも、我が『夢狼』の独特の動きを見切って攻撃に出てきたのを見て、驚いているようであった。恐らく、もう安易に使ってくることはないだろう。

あの厄介で奇妙な歩術『影狐』も、まぐれとはいえども一度は見切って、刃で追撃することに成功している。

絶対防御『護り貝』も厄介ではあるが、魔力消耗が激しいのはここまででわかっていたことである。ハウグレーに使わせ続ければ、いずれは魔力が切れて攻撃が当たるはずだ。それに、意識外からの攻撃に対して咄嗟に発動できるものでもなさそうだ。

この三つの技は強大には違いないが、その全てを潜り抜けさえすれば、ハウグレーに一撃を入れることができる。

そしてハウグレーは、ステータスという大きな弱点を抱えている。決して、完全に無敵の剣士というわけではないのだ。速さでは我に劣り、一撃で我を殺すことはできず、逆にハウグレーはただ一撃受ければその時点で地に伏せることになる。

最早この戦いは、ハウグレーにとって圧倒的に優位な戦いというわけでもなくなっているはずである。奇怪な剣技の正体は見えた。そして、ハウグレーの剣の技量に、我は段々とくらいつけるようになってきている。

なんとしてでもハウグレーをここで倒してみせる。我が命に代えても、だ。この魔人に、イルシアを追わせるわけにはいかない。

「よもや、一切の慢心もない。全力で行かせてもらうぞ。ワシは、ワシが本気を出せる相手が現れたことを光栄に思う」

6

ハウグレーが斬り掛かってくる。

我に対して圧倒的に身体能力で劣るハウグレーは、真っ向からは当たってはこない。必ず我の動きを読み切り、それを潰す形で動いてくる。そのために、どこかでセオリーを無視した動きを見せてくるはずであった。

互いの距離が縮まっていく。我は普段ならば一気に斬り掛かっていたところだろうが、今は見ることに徹していた。

焦れば死ぬ。ここまで寸前のところで決定打を避け続けてきたが、刹那でも気を抜けば、その瞬間に命を奪われる。

ハウグレーはまだ動かない。我の『刻命のレーヴァテイン』、ハウグレーの『燻り狂う牙バンダースナッチ』。互いの大剣の間合いに入り込むが、それでもなお動かない。

我の動きの指針が既に見抜かれていたとしか思えない。

その瞬間、視界に光の道が見えた気がした。ハウグレーの危険領域の暗雲を潜り抜ける、一筋の道が見えたのだ。

我が地面を蹴って横へ跳んだ瞬間、ハウグレーの動きがブレた。そして高速で我の許へと飛び掛かってくる。

『影狐』である。今まで追い込まれた際の回避にのみ用いてきた『影狐』を、攻撃の札として躊躇《ためら》いなく用いてきた。

『影狐』状態で高速移動するハウグレーが、我の横を通り抜ける。その際に、短剣の刃を振るってきていた。

動きがわかっていた我は、辛うじてハウグレーの剣撃を大剣で弾くことができた。恐ろしく速いが、〖影狐〗中の攻撃は直線的なものになる。来ることがわかってさえいれば、対応することは不可能ではない。

しかし、ハウグレーも、今の攻撃が弾かれることなどわかっていたはずだ。今の攻撃で我の体勢を崩し、〖影狐〗の移動先から一方的に攻撃することが狙いであろう。

我は先程見えた光の道を潜る様に飛んだ。短剣が、我が背を掠める。我は足で地を踏みしめ、大剣を掲げる。

「ここだ！」

我が大剣を振り下ろした先にハウグレーはいた。〖影狐〗の移動先を完全に見切ることができたのだ。我はその座標目掛け、大剣の一撃を叩き落とした。

今度こそ捉えたはずだと、そう思った。だが、大剣はハウグレーを避けるように大きく軌道が逸れ、ただ地面を叩いていた。

ハウグレーが〖熛り狂う牙バンダースナッチ〗を縦に構え、我が剣を刃で受け流して軌道を逸らしたのだ。

「……〖影狐〗の動きを見切ったのは、やはりまぐれではなかったようだな。今のワシの攻撃を捌《さば》くとは、本当に恐ろしい奴よ」

ハウグレーは大剣を握るのとは逆の手で、我へと短剣を突き出してきた。身体を反らして回避し、足でハウグレーの身体を蹴り上げようとした。

ハウグレーは宙で身体を丸め、器用にそれを避けてみせた。同時に、下から掬《すく》う様に大剣での一撃を放ってくる。

「見えているぞハウグレー！」

我はそれを大剣で弾く。そのとき、〖刻命のレーヴァテイン〗の刃が妖《あや》しげな輝きを増し、速さを増した。

弾かれたハウグレーが、僅かに体勢を崩す。我はハウグレーの大剣を弾いた勢いのまま、奴の腹部へと大振りの一撃をくらわせた。

大振りの一撃を受けたハウグレーの身体が、物理法則を超越した動きで遠ざかっていく。

……あらゆるダメージを打ち消す、ハウグレーの〖護り貝〗である。

ハウグレーはジグザグと後退し、距離を置いたところで静止した。

ハウグレーは呆然とした表情を浮かべていた。ここでまた〖護り貝〗を使わせられることになるとは、ハウグレーは想定していなかったのだろう。

我は自身の手許の、赤黒い刃へと目を落とした。

「いける……」

大剣を振るったとき、身体中に力が漲《みなぎ》るのを感じた。〖刻命のレーヴァテイン〗……この魔剣は、振るう度に我が命を奪い、より毒々しい輝きを帯びる。命を糧に力を与えてくれるのだ。

タフネスには自信のある我との相性がいいのかもしれない。

たとえハウグレーとて、変則的な身体能力の強化は、読み切るのに時間が掛かるはずだ。それに、我の身体能力が強化されれば、それだけハウグレーが有効打を取れる選択肢が狭まっていき、我にとって有利になっていく。

最後の頼みの綱であったが、光明が見えてきた。

「この魔剣であれば、ハウグレーの読みを崩し得る……」

「違う」

ハウグレーが淡々と口にする。

「何だと？　何が違うと……」

「確かにその剣であれば、ワシが戦い辛《づら》いのは間違いない。だが、それだけではない。今、お前は剣士として、急速にワシの高さまで近づいておる。嫉妬さえ覚える。ワシの反則を見抜き……その上に、剣の技量をも上回ろうとしている。その若さで、なんということだ。お前は、本当に剣に愛されておるのだな」

ハウグレーはそう言うが、実際には違う。

どれだけ強くなれるのかは、人によって天井が定められている。歳を重ねたからといってどうにかなるものではないのだ。

技術のみでその差を埋め、イルシアと我相手にこれまで一方的な戦いを強いていたハウグレーが異常なのだ。

だが、今思えば、ハウグレーにとって我は天敵であったのかもしれない。

我は人間の中では最上クラスのしぶとさを持っているという自負がある。そして剣士としての経験があったため二度目以降の『夢狼』の発動を妨げることができる。ハウグレーの素の剣技では、我を倒しきるには届かなかった。

我も剣士の端くれであるため、ハウグレーの異様な読みも、何度も相手をしていれば選択肢を確実に絞って追い込んでいく術が見えてくる。果てしなく遠く見えたハウグレーの攻略が、ついにすぐそこまで来ていた。

後は、たった一撃でいい。ハウグレーの『護り貝』が間に合わない意識の狭間に、我の最高の剣撃を叩き込む。

「……まさか、ワシがここまで追い込まれるとはの。これを使わせられたのは、もう何十年振りであろうか」

ハウグレーは短剣を持つ腕を前に出し、足を刃へと宛がった。

「何をやって……」

ハウグレーは、短剣の腹をそのまま前方へと蹴り飛ばした。短剣が鈍い音を立てて高速で回転しながら、我へと飛来してくる。

「ぐっ！」

我は身体を曲げ、最小の動きで回避した。まさか、ハウグレーが短剣を蹴り飛ばしてくるとは想定していなかった。

だが、妙だ。

確かに大した速度と回転ではあったが……ハウグレーにしては、攻撃が温《ぬる》すぎる。当たってもこれは、我にとって致命打にはならない。

そのとき、自身の背後から黒い殺気を感じ取った。背後から危険領域が漏れている。目をやれば、短剣が先程よりも速度を増して戻ってきたところであった。

「な、なんだと!?」

「敵から目を逸らしている場合か？」

ハウグレーが、我の目前で跳び上がっていた。

大剣を振りかぶっている。我は大剣の刃で素早く防ぐ。

背後から空気を切る音が聞こえてくる。短剣が戻ってきている。ハウグレーと短剣に、綺麗に挟み込まれる形になってしまった。回避のために右に跳ぼうとしたが、ハウグレーがそちら側に回り込む予兆が見えたため左へと跳んだ。

戻ってきた短剣が、我が肩の肉を抉り飛ばす。身体を捻ったが、対応しきれなかった。ハウグレーに誘導されたのだ。

「ぐっ！」

そうか、最初からこの技が必要となる可能性を感じ取り、我から『燻り狂う牙バンダースナッチ』を奪っていたのか！

投げた短剣で我の動きに制限を掛け、その上で大剣で攻撃してくることで、身体能力面の不利を補う算段であろう。

ハウグレーが我へと駆けてくる。我は大きく背後へ跳んだ。ハウグレーは回転する短剣を器用に摑み取り、素早く短剣にまた足を掛けた。

「『極楽独楽《ごま》』、ワシのとっておきだ。長らく使う機会に恵まれなかったため、少々燻っておるであろうがな。ワシが未熟であった頃、自身よりも遥かに速い剣士に勝つためにはどうすればよいのか、その答えとして編み出した技である。本当に……またこの技に頼るときが来るなどとは、思っておらんかった」

我はハウグレーの『極楽独楽』を警戒し、その場で固まった。

剣の化け物であるハウグレー相手に我が立ち回れていたのは、身体能力の圧倒的な優位があるからこそに他ならない。

ハウグレーの『極楽独楽』は、その差を覆しかねないものであった。

ハウグレーが短剣を前へと蹴り飛ばす。凄まじい速度で回転する短剣が我へと向かってくる。回避では駄目だ、死角から戻ってくる。弾き飛ばすのが正解だ。

我は前に出て大剣で短剣の回転を受け止め、そのまま払い飛ばそうとした。だが、思いの外に、短剣の刃が重い。

　スキルによってか、短剣の軌道を維持しようとする強い力が働いているようだ。どうにか横へ飛ばしたつもりが、大きく円を描いてハウグレーのいた方へと戻っていく。

「当然、ワシはこの隙を見逃してやりはしない」

　ハウグレーは前に跳んで短剣を掴み、そのまま腕を前に突き出す。大剣を振り切った姿勢の我に対して鋭い刺突を放ってきた。

　我は身体を大きく退《ひ》いてそれを避けた。続けざまに、ハウグレーが大剣の一撃を放ってくる。我は大剣を戻して受け止めた。

　ハウグレーは続けて短剣を振ると見せかけて途中で刃を止め、我の大剣を蹴って自身を宙へと跳ね上げた。

「では、これは凌げるか！」

　ハウグレーが宙で自身の短剣の刃に足をあてがい、我へと蹴り飛ばしてきた。短剣が、頭上から高速回転しながら我へと飛来してくる。

　想定していない、嫌な角度から放たれた『極楽独楽』であった。だが、それだけでハウグレーの攻撃が終わるわけがない。

　ハウグレーの姿がぶれ、急接近してきた。自身の放った『極楽独楽』に対して『影狐』で追いつくことで、同時攻撃を仕掛けてくる算段であろう。

相手がハウグレーでなければ、こんなとんでもない狙いがあるとは疑うことさえしなかったであろう。しかし、狙いを早く見切ることができたのは大きい。

相手が『極楽独楽』を活かすように動くことを前提に置けば、『影狐』の目的地点を大きく絞ることができる。

「ここか！」

我は素早く安全地帯へ跳び、ハウグレーが来るであろう座標へ大剣を振るう。だが、その刃は大きく空振りすることになった。

「読みだけで『影狐』の位置を絞るなど、そう何度も成功するわけがなかろう。ワシ主導で動いている限り、ワシに有利な読み合いになると、そのことはわかっているであろう？」

ハウグレーは大剣を手に、我の前へと立っていた。読みを、ずらされた。我がハウグレーの動きをここまで読めると、そうわかっていたというのか!?

「お前は、お前自身が思っているよりもずっと恐ろしい剣士だ。竜狩り、ワシはお前の様に、お前を過小評価したりはせんぞ。それはワシが、お前自身よりもお前を正確に認識できているということに他ならぬ」

背後に跳ぶ。しかし、間に合うはずがない。肩から腰に掛けて、深々と斬られた。熱に似た鋭い痛みが走り、鮮血が舞った。

意識が、霞む。だが、ここで倒れるわけにはいかない。

あと一歩なのだ。絶対的な読みに加え、三つの反則技。同じ剣士でしか土俵に立てない相手であったが、まさかその先に剣士同士の戦いにおいて大きく有利に働く〖極楽独楽〗まで備えているとは思っていなかった。

しかし、ハウグレーとて、さすがにもう手札はないはずだ。

……〖自己再生〗が、完全には追いつかなかった。我の身体も、もう限界が来ている。次に決定打をもらえばお終いだ。

ハウグレーは負傷した我に対し、追撃は仕掛けてこなかった。自身の投げた短剣を確実に回収することを優先していた。

今となっては……〖夢狼〗、〖影狐〗、〖護り貝〗の三つの技よりも、〖極楽独楽〗の方がずっと恐ろしい。

ただの投擲《とうてき》スキルであり、あの三種の技より効果自体は大人しい。しかし、ハウグレー程の達人に優位に動かれ続ければ、付け入る隙がまるで見えてこない。

こちらの選択肢は短剣に阻害されて縛られ、逆にハウグレーの選択肢は無限に増えていく。こんなもの、対応できるわけがない。

今までの正体不明の壁とは違う。〖極楽独楽〗は、明確に我とハウグレーの間に越えられない壁があることを示していた。

周囲一帯の危険領域が、ハウグレーが〖極楽独楽〗を使い始めてからどんどん濃くなっていくのを感じる。我の本能も『極楽独楽』の危険性を訴えている。

しかし……ハウグレーよりも、彼からやや間合いを置いたところの方が、危険性の黒色が濃くなっていた。

本能に遅れ、『極楽独楽』の対処法に気が付いた。

ハウグレーが短剣を横に構え、足を上げる。我はその瞬間、前へと飛び出して大剣を振り下ろした。ハウグレーが足を降ろして半歩退き、大剣の方で我が攻撃を受け流した。

距離を取ろうとするハウグレーを追い続け、大剣を振り続ける。ハウグレーは右へ左へと攻撃を往なしながら下がっていく。

「投げさせはせんぞ、ハウグレー！」

『極楽独楽』は予備動作が特徴的である。短剣を横にしっかりと構えた上で、足を密着させてから前方へと蹴り飛ばす必要がある。我から攻め続ければ、それだけでハウグレーは『極楽独楽』を使う機会を失う。

もっともそれは、ハウグレー相手に牽制を控える必要があり、後の先を許しやすくなるということでもある。

だが、ハウグレーの『極楽独楽』は、我の技量では発動を許した時点で、無傷での対応がほぼ不可能な状態に陥る。『極楽独楽』を使われる度に、我は重傷を負うことになる。それを許して確実に詰められていくくらいならば、まだこちらの方が勝機がある。

　ハウグレーは短長異なる二本の剣の違いを最大に活かし、我の攻撃を尽《ことごと》く受け流していく。まるでもう何十年もその二刀流で戦っているかと錯覚させられるような、洗練された動きであった。剣技に一分の破綻も見えてこない。

　我が振るう度に〖刻命のレーヴァテイン〗の刃が、その毒々しい輝きを増していく。その妖気に吸われ、残り少ない我の体力が剝がされていくのを感じる。だが、その度に我が剣技はどんどんと鋭さを増していく。

〖刻命のレーヴァテイン〗の変則的な身体能力の強化による我の動きの変化に、ハウグレーを慣れさせてはいけない。その前に戦いを終わらせなければ、我の勝機は潰《つい》えてしまう。だから、一気に終わらせる。

　短期決戦は望むところだ。長引く程、地力の差が出てくる。ましてや、ハウグレー相手に攻め続けるなど、長く持つはずがない。

　これ以上は、戦いが長引けば長引くほど、我の不利になっていくはずだ。この連撃で、ハウグレーを沈める。

　血が舞った。連撃の中で、ハウグレーの腹部を我が大剣が掠《かす》めていた。

　ハウグレーが目を見張る。

「……一度、距離を取り直すしかないか」

　ハウグレーが無防備になった。大剣の一撃が、彼の胸部へと当たった。

だが、血は出なかった。また『護り貝』だ。恐らく敢えて攻撃を受けることで、反動を利用して距離を取るつもりだ。

……そして、充分に距離を稼いだ位置から、また『極楽独楽』を撃ってくるはずである。一度撃たせれば、次また我に安易に距離を詰めさせてくれるとは思えない。『極楽独楽』で戦況を確実に制圧し続けながら迫ってくるはずだ。

……それを許せば、我に勝機は残らない。我も、後どれだけ身体が持ってくれるのかはわからない。ここでハウグレーに間合いを保たれ、『極楽独楽』の強みを最大に活かして立ち回られれば、その状況を覆す術はない。

我は全力で地を蹴り、真っ直ぐに大剣の刺突を放った。勝算はあった。だが、ほとんど賭けのようなものだった。

『護り貝』の反動で高速で遠ざかるハウグレーの腹に、大剣の先端が突き刺さった。ハウグレーは目を見開き、丸くしていた。我の刃の先を呆然と見つめている。

我は無理な体勢のまま全力で飛び掛かったため、そのまま地面の上に転がることになった。身体はとうに限界を超えていた。一瞬、地に身体を打ち付けて意識が飛んだのを感じたが、すぐに気力で引き戻してみせた。

我は地に膝を突き、身体を起こす。

7

我は荒い息を必死に整えながら大剣を構えた。

動悸と興奮が止まらない。

今……確かに、ハウグレーの腹部に刃が突き刺さったはずだ。我の勘違いなどではなかったと、そう確信を持っている。

〖護り貝〗で遠ざかっていくハウグレーに、大剣の一撃が間に合ったのだ。〖護り貝〗に〖護り貝〗は重ねられない……ということがあるのかもしれないが、今のは完全にハウグレーの意識外だったのだろう。

我も、当たるという確証はなかった。ただで逃がせば、もう後がない。そう判断しての、死力を尽くした全力の一撃だった。

しかし、どの程度深かったかはわからない。

ハウグレーの身体は衣服に隠れていたし、手の感覚も既に怪しかった。ただ、そこまで浅かった、とも思えないが……。

仮にこれでハウグレーが無事なら、今の我にはもう抗う術がない。〖極楽独楽〗でジリジリと攻められれば、それだけで体力が尽き、いつか大きな隙を晒《さら》してしまうだろう。

「……本当に、お前は恐ろしい剣士だ。まさか、〖護り貝〗の出始めに追いつくとはの。何かがほんの少し違えば、今の一撃で命を落としていた。そうなれば、ここで敗れていたのはワシの方だったはずだ。だが、そうはならなかった」

ハウグレーが、遠くからゆらり、ゆらりと歩いてきた。我が突き刺した腹部は勿論、口からも多量の血を流していた。

腹部への刺突でハウグレーが重傷を負ったことには違いない。だが、後僅かに、致命傷には届かなかったのだ。

我には最早、ハウグレーの猛攻を捌き切るだけの力はない。……戦いは、終わったのだ。後はもう消化試合のようなものだ。

今の一撃で、我が勝ってもおかしくはなかったはずだ。しかし、結果として我は、ハウグレーには届かなかった……。

「竜狩り、ヴォルクよ。ワシの前に出てくるに、お前は若すぎた。後少しでも事前からワシのことを知っているか、剣の戦いの経験を積んでいれば、この結果は逆であっただろう。だが、今回は、勝利はワシへと傾い……」

ハウグレーはそこで、唐突に言葉を区切った。ハウグレーの手が震え始める。ハウグレーは目を細め、大剣を握る自身の腕へと目をやった。

「……そうか、お前は、このワシを主《あるじ》とは認めんか」

ハウグレーは屈《かが》み、『燻り狂う牙バンダースナッチ』を優しく地へと置いた。

「何のつもりだ？」

「今のワシの気力では、この魔剣の狂気を制御し続けることはできぬ。本能に身を任せるのは、あまり得意な性分ではないのでな」

〘燻り狂う牙バンダースナッチ〙は、持ち主を狂気に駆らせる魔剣である。ハウグレーとて限界が近いことには違いない。今の状態で、〘燻り狂う牙バンダースナッチ〙を手に、思う様に戦うことができないと判断したのだろう。

結果として、ハウグレーの手に渡ったのが〘燻り狂う牙バンダースナッチ〙であったことに助けられた。

ならば……まだ、勝機はある。もしもハウグレーに奪われたのが〘燻り狂う牙バンダースナッチ〙ではなく他の剣であれば、短剣の〘極楽独楽〙と、大剣の近接攻撃で確実に仕留められていたことだろう。だが、その手はもう使えなくなった。ハウグレーが〘極楽独楽〙を用いて場を制圧しつつ剣技で確実に攻めるためには、剣が二本なければ不可能なのだ。

ハウグレーの身体が揺れ、足が止まる。それから、腹部の傷を手で押さえた。思いの外、ダメージは大きいようであった。ハウグレーが瀕死の状態にあることは間違いない。

「終わらせるぞ、ハウグレー」

我の声に意識を取り戻したように、ハウグレーは顔を上げる。

「そう、であるの。終わらせるとするか」

ハウグレーは身体の揺れを抑え、短剣を構えて腰を落とす。

既にハウグレーは余裕がなさそうだ。我よりも明らかに調子が悪い。今のハウグレーの状態であれば、我が読み勝てる可能性は充分にある。

「お前にはまだ、見せておらんかったの。ワシの切り札を」

「なに……？」

『夢狼』、『影狐』、『護り貝』、そして『極楽独楽』。まさか……この上にまだ、隠していた技があるというのか？　いや、いくらなんでもあり得ない。

「本来、人間相手に使う技ではないのだがな。今のワシに、お前と剣術で競り合うだけの気力は残されておらんようだ」

「くだらんハッタリなど、貴様らしくない……」

「行くぞヴォルク、凌いでみせてみよ！　ワシのみに許された絶技、『神落万斬《しんらくばんざん》』！」

直後、ハウグレーの姿が消えた。強烈な危機感を覚え、我は背後へと大きく跳んだ。その瞬間、周辺にあった木が刹那にして細かく砕け散り、木屑と砂嵐が舞って視界を遮った。刃の動きが、全く目で追えなかった。

い、今のが、人間の技だというのか!?

目で捉えられないが、砕け散った木の状態から技の考察はできる。ハウグレーは、身体を高速で側転させながら短剣で連撃を放っているのだ。

あんな技に巻き込まれれば、一瞬で肉片にされかねない。

だが、これまでハウグレーが使わなかった理由もわかる。明らかに限界を超えた速度で動き続けているため、身体へかなりの負担が掛かっているはずだ。先程の言葉より考えるに、細かい制御の利く技でもないのだ。

〘極楽独楽〙とは違い、ハウグレーの緻密な読みの技術を活かすことはできないはずである。また、本人自身も無防備になる。こんな動きの中で、〘護り貝〙の様な高い精密性の要求される技術を駆使できるわけもない。

もしもハウグレーにこのスキルを初手で突然使われていれば、間違いなく我は為すすべなく殺されていたはずである。だが、今の我には、ハウグレーとの戦いの中で磨き抜かれた読みの技術と、戦闘勘がある。

我の中にある、この〘神落万斬〙とやらに対応できる術は、その二つくらいであろう。視認が追いつくわけがない。

ならば最早、視界は不要であった。斬撃の嵐を前に、我は目を瞑《つぶ》った。余計な情報を遮断し、ただ戦闘勘のみを研ぎ澄ませる。

不可能ではないはずだ。迫りくる全ての刃を掻《か》い潜《くぐ》り、ハウグレーに一撃を入れてみせる。そうしなければ、勝ち目はないのだから。

やってみせる。

直後、自身の身体が万の刃に斬り裂かれるのを全身で感じた。だが、我の身体はまだしっかりと残っている。

違う、今のは実際にハウグレーの刃に身体を斬られたわけではない。極限まで高められた我の戦闘勘が、ハウグレーの剣筋を教えてくれたのだ。

全ての刃の来るタイミングがわかる。そうだ、ここまでハウグレーという化け物と読み合いで渡り合ってきたのだ。機微を捨てた〘神落万斬〙を破れない道理がない。

我は〘刻命のレーヴァテイン〙をゆっくりと突き出した。それだけでよかった。

ここで腕を伸ばせば、〘神落万斬〙を掻い潜れる。我にはその確信があった。そして刃は、宙のハウグレーの胸部を正確に貫いていた。

「見事であったぞ……ヴォルク。お前は今、完全にこのワシを上回った。今日からは、お前が最強の剣士だ」

穏やかな言い方であった。ハウグレーにはまるで、〘神落万斬〙を放った時点でこうなることがわかっていたようであった。

我は大剣を引き抜き、ハウグレーを抱えながら丁寧に地面へと下ろした。

「……そんなわけがない。我は偶然、レベルの上限に恵まれていただけだ。同じレベルの人間であれば、ハウグレー、あなたに敵う人などいるわけがない」

「何を言う。そんな縛りに、何の意味があるというのだ？　お前は、勝ったのだ。戦いを制した。

それによって、ワシが危害を加えるはずであった、仲間を守ることができた。勝者が、そんな顔をするものでは、あるまいよ」

ハウグレーは満足気に笑みを浮かべながら、途切れ途切れにそう口にする。……我は、今、どんな顔をしているのであろうか。

「聖女様には、申し訳のないことをした、の。あれだけ過分な評価をいただき、こんなワシを当てにしてくださっていたと、いうのに……」

「……一つ、問いたいことがある。あなた程の人が、本当に自身の妄執を晴らすためだけにリリクシーラへ手を貸したのか？　たとえ世界がどうであろうが、あなたの見てきたもの、感じたもの、経験したものの全ては、何も変わらないはずだ」

我の言葉に、ハウグレーが沈黙する。出過ぎた言葉なのは承知している。ハウグレーが何に気が付いたのかも、我には上手く言葉にはできない。

だが……少なくとも我は、そう思うのだ。

「……ヴォルクよ、この先どんな残酷な運命が待っていようが、決して折れるのではないぞ。ただ、自分の信じる方へと真っ直ぐに歩めばよい」

「ハウグレー……？　それは、どういう意味だ」

返事はなかった。ハウグレーは優し気な表情のまま固まっていた。少し遅れて、既にこの老人が息絶えているのだと気が付いた。

我は大剣を背負い直そうとしたが、腕に力が入らなかった。抗うこともできず、地面へと倒れていた。

……ああ、ここまで我の身体が限界であったというのか。〖刻命のレーヴァテイン〗の生命力を削る呪いもそうだろうが、それや肉体的な損傷よりも、極限の読み合いによる精神的な疲弊の方が大きいように思う。

ハウグレーは、どうにか倒してみせたぞ、イルシアよ……。

我はもう、しばらくは動けそうにない。

後のことは託す他ない。

第２話　聖女決戦

1

俺は霧の中を飛んでリリクシーラの後を追っていた。

ベルゼバブの奴に足止めを受けたとはいえ、そこまで大きく時間を稼がれたわけではない。まだ充分に追える距離であるはずだった。

リリクシーラ……お前はここで倒し切ってみせる。聖女との因縁も、神の声のヤローの思惑も、ここまでだ。全部終わらせてみせる。

竜王エルディアは倒した。魔獣王ベルゼバブはあと一歩で逃してしまったものの、既に瀕死であるはずだった。

聖騎士達も、もうまともな戦力になるほど数が残っているとは思えない。厄介だったハウグレーも、今はヴォルクが相手取ってくれている。

アルアネも仕留め損ねたままであるし、アトラナートもまだ奴に囚《とら》われているはずだ。今は、アロとトレントがアルアネを追っている。きっとアロとトレントがアルアネを追い詰め、アトラナートを取り返してくれているはずだ。

ステータスで圧倒的に俺に劣るリリクシーラを守る駒は、もう存在しない。このまま直接対決に持ち込んで、速攻で終わらせてやる。

このままリリクシーラの逃走を許せば、また態勢を整えられかねない。この世界に、これ以上俺に対応できる戦力がどれだけ残っているのか怪しいくらいだが……どっちにしろ、そんな猶予はもう与えてはやらねぇ。

【イルシア】
種族：オネイロス
状態：通常
Ｌｖ　：109/150
ＨＰ　：3341/4397
ＭＰ　：2639/4534

俺は自身のステータスを確認する。

ＭＰは……まだ、六割近く残っている。これだけあれば、瀕死のベルゼバブとリリクシーラを相手取るのに充分なはずだ。

まだ戦力を隠しているとはとても思えない。リリクシーラにそんな余裕はなかったはずだ。これまでギリギリのところでリリクシーラを逃がし、一方的に攻撃を受け続けてはきたが、決して相手も余裕のある戦いだったとは思えない。

もしもとっておきの札があるというのならば、リリクシーラの奴ならもっと早くに上手く切ってきただろう。

……本当に、そうなのか？

俺の中で疑念が込み上げてきた。

『じゃあな……あばよだ、イルシア。勝負じゃ惨敗だが、大局じゃ俺様の……いや、あのクソ女の勝ちってとこだな』

消える前の、ベルゼバブの言葉だ。あいつの言葉は……まるでこの状況から、まだリリクシーラが勝つと信じていたようだった。それは、何故だ？

確かに俺は、この戦いで終始リリクシーラの指揮に翻弄され続けてきた。戦略という面では、俺はリリクシーラに圧敗している。

リリクシーラはこれまで徹底して俺との直接戦闘を避け、俺のＨＰ・ＭＰを効率的に減らせるように駒をぶつけてきていた。その手腕は見事なものであった。アロ達がアルアネとハウグレーの二大巨頭を引き受けてくれたことで状況はかなりマシにはなっているが、かなりいいように動かされ続けてきたことは間違いない。

しかし、元々俺が有利な戦いであったことに変わりはない。そもそも、今の俺とリリクシーラでは、ステータスの差が激しい。だから俺は充分に魔力を残してリリクシーラの戦力を減らし、ほとんど単騎になった奴を追うことに成功している。

ベルゼバブの言葉は、ただの牽制のための出鱈目だったのだろうか？　これで俺が疑いを持ち、リリクシーラを追う動きに迷いが生じれば、追い詰め損ねて彼女の逃走を許しちまうようなこともあるかもしれねぇ。

……だが、ベルゼバブは、そんなことをやるようなタイプの奴だったか？

リリクシーラのスキル〖スピリット・サーヴァント〗は、二体まで魔物をストックして、精神を縛って駒として操ることができる。しかし……信念に反した行動を取らせることはできても、言葉の心理戦のような細かいことまで強要するようなことができるのだろうか？　ベルゼバブとエルディアの言動を思い返しても、どうにもそういうふうには思えない。ベルゼバブは、正面戦闘以外にはまるで興味のねぇ奴だった。

俺は……何か、大事なことを見落としているんじゃねぇのか？　どっかに、リリクシーラの戦力を隠せる余地があったんじゃねぇのか？

普通に考えれば有り得ない。んなことしている猶予は、リリクシーラには絶対になかったはずだ。

何の考えもなしに出し惜しみして、戦力を無駄打ちしてくるような相手じゃねえ。そういった点で、ある意味俺はリリクシーラを信用している。

しかし……俺の中で、不可解な引っ掛かりがあった。

『もっとも、テメェと顔を合わせることはもうねぇだろうがな。地獄から見てるぜ、テメェと聖女様、どっちが生き残るのかをよォ』

俺からの逃走に成功したベルゼバブが、もう俺に会うことはないと確信を持っているようだった、ということだ。俺はまたベルゼバブとぶつかるはずだと、奴の言葉の意味を深く考えずに流していたが……どうにも、キナ臭いものを感じ始めていた。

……いや、だからといって、ここに来て足を止めるわけにはいかねぇんだ。まだリリクシーラが何か策を持っていたとしても、その上を乗り越えていくだけだ。

俺が飛び続けていると、【気配感知】が、空を飛んでいる気配を拾った。俺は軌道を変え、その気配の方を目指して飛んでいく。

大きな崖の上を、ゼフィールが滞空しているのを見つけた。

ゼフィールの上には、白い衣を纏《まと》う女の姿があった。彼女の綺麗な絹のような白の髪が風を受け、靡《なび》いていた。

ついに……リリクシーラの姿を見つけた。まだ距離が開いているが、向こうも霧越しにこちらを睨みつけていた。

リリクシーラに逃げる様子はない。どうやらあちらさんも、これ以上俺との追いかけっこをするつもりはないらしい。

リリクシーラは手に、黒い脈打つ塊を抱えている。それは何か……禍々しい靄に覆われていた。見たことのない、奇妙な物体であった。しかし、その黒い塊が何であるのか、俺はすぐに理解することができた。

ベルゼバブの心臓だ。心臓はすぐに萎《しぼ》んでいき、目に見えて力を失っていく。代わりに……リリクシーラの身体を、黒い靄が覆っていく。

『取り込みやがったのか……魔獣王の力、〖畜生道〗を！』

リリクシーラが、ベルゼバブの心臓を握り潰した。辺りに黒い血が舞い、それは紫の光となって消滅していった。完全にベルゼバブの死んだ瞬間であった。

「不思議と……嫌いではありませんでしたよ、蠅の王」

リリクシーラの額に、黒い目の様な形の紋章が浮かんだ。その瞬間に、彼女の雰囲気が一変したのを感じ取った。

やっぱし、取得条件は満たしてやがったのか！

魔物の場合、神聖スキルを取得したからといって、その場ですぐにステータスが大きく向上するわけではない。どうやら神聖スキルによる恩恵は、次の進化の幅が広がる、という形で与えられるようであった。

だが、恐らく、人間の場合は異なるのだ。人間には進化がなく、神聖スキルを失った勇者イルシアが一気に弱体化するのを俺は確認したことがあった。

恐らく、今のリリクシーラは、レベル上限の大幅な解放と共に、大幅なステータス向上の恩恵を得たはずであった。

ここまで神聖スキルを取り込まなかったのは、何をするかわからない俺やスライムの動向に対して、蝿の眷属によって得られる情報の優位を重く見たのと、ベルゼバブ本体の戦闘能力を有効活用するためだろう。

恐らくリリクシーラは、最東の異境地に乗り込んでくる前からベルゼバブを適当なところで回収し、殺してその神聖スキルである『畜生道』を手に入れるつもりだったのだ。事前にベルゼバブの危機を遠隔で感知して『スピリット・サーヴァント』を解除してベルゼバブを逃がす手立てを用意していたところからして、それは間違いない。

リリクシーラがここまで『畜生道』を取り込まなかった理由がわかった。考えなしに出し惜しみしていたわけではない。

ベルゼバブの眷属と視界を共有できる能力を活かして集団戦において圧倒的な優位を得て、本体の戦闘能力を活かして俺のＭＰを削らせ、同時に俺の、リリクシーラ陣営の戦力に対する誤認を図っていた……といったところだろうか。

本当に見事なものだ。

俺は腕を振るった。

〖次元爪〗を放ったのだ。間合いなき爪撃《そうげき》をリリクシーラへとお見舞いしてやった。まだ相手との距離が開きすぎてはいるが、奴の乗っているゼフィールは大したステータスではない。この攻撃には対応できないはずだ。

「〖フロート〗」

リリクシーラの姿が宙に浮かび上がり、俺の〖次元爪〗から逃れた。ゼフィールの身体が腹部を中心にへし折れ、体が上下に裂けて崖底へと落下していった。

【経験値を310得ました。】

【称号スキル〖歩く卵Lv:--〗の効果により、更に経験値を310得ました。】

〖フロート〗……か。名称は見たことがある。確か、〖クレイガーディアン〗が持っていたスキルである。どうやら光を纏い、飛行移動を可能とする魔法スキルであったらしい。こんなもんまで持っていやがったのか。

「……貴方の部下を回収している猶予は、最早私には残されていないようですね。アルアネもハウグレーも、まだ来そうにありません。これで私も、本当の意味で手段を選べなくなりました。お互い、とても残念な結果になりそうですね」

リリクシーラが宙に浮きながら、俺へと杖を構えた。よく言ってくれる。今までのアレが、手段を選んだ結果だとコイツは宣《のたま》いたいらしい。笑えない冗談だ。

『そうはならねぇよ』

俺は〘竜の鏡〙の力で翼を肥大化させた。翼で風を押し、一気に速度を上げてリリクシーラへと距離を詰めた。

『リリクシーラ！　こっちはテメェをぶっ飛ばして、全員揃って綺麗にハッピーエンドで終わってやるよ！』

2

俺はリリクシーラ目掛けて〘次元爪〙を放つ。

「〘ホーリーウィング〙」

リリクシーラの身体を魔法陣の光が包んだ。その光が彼女の背へと集まって形を成していき、翼を象《かたど》った。〘ホーリーウィング〙によって作られた光の翼が本物の様に羽搏《はばた》いた。リリクシーラは前傾し、螺旋軌道を描きながら前方へ飛んだ。俺の放った〘次元爪〙を、リリクシーラは紙一重で回避していく。俺の攻撃を先読みしているかの様な動きだった。

浮遊魔法〘フロート〙を補佐する魔法、とでもいったところか。人間の身で、俺の〘次元爪〙を避ける奴がこうも何人も出てくるとは思わなかった。

俺はリリクシーラへの距離を詰めながら、奴をステータスチェックで確認する。

〖リリクシーラ・リーアルム〗
種族：アース・ヒューマ
状態：クイック（大）
Ｌｖ　：100/140
ＨＰ　：887/1241
ＭＰ　：958/1615
攻撃力：942+76
防御力：666+98
魔法力：1557+110
素早さ：951
装備：
手：〖聖国の権杖:A-〗
体：〖聖国の祭服:A-〗
神聖スキル：
〖餓鬼道:Lv--〗〖畜生道:Lv--〗
特性スキル：
〖神の声:LvMAX〗〖光属性:Lv--〗〖グリシャ言語:Lv7〗
〖魔術師の才:LvMAX〗〖気配感知:Lv8〗
〖忍び足:LvMAX〗〖光の衣:Lv--〗〖真理の瞳:Lv--〗
耐性スキル：
〖物理耐性:Lv8〗〖魔法耐性:Lv9〗〖闇属性耐性:Lv9〗
〖幻影耐性:Lv9〗〖毒耐性:Lv7〗〖呪い耐性:LvMAX〗
〖石化耐性:Lv7〗〖即死耐性:LvMAX〗〖麻痺耐性:Lv7〗
通常スキル：
〖ステータス閲覧:LvMAX〗〖ハイレスト:LvMAX〗
〖ハイケア:LvMAX〗〖ホーリー:LvMAX〗
〖ホーリースフィア:LvMAX〗
〖ホーリースピア:LvMAX〗〖念話:Lv9〗
〖スピリット・サーヴァント:LvMAX〗〖フロート:Lv8〗
〖ハイクイック:Lv7〗〖ハイパワー:Lv7〗
〖ミラーカウンター:Lv7〗〖グラビティ:Lv7〗
〖グラビドン:Lv7〗〖グラビリオン:Lv9〗
〖コンフュージュ:Lv6〗〖ミラージュ:Lv6〗
〖ファイアスフィア:Lv6〗〖魅了:Lv6〗〖スロウ:Lv6〗
〖ディメンション:Lv6〗〖ストーンカース:Lv6〗
〖ホーリーウィング:Lv6〗〖メタモルポセス:Lv1〗
称号スキル：
〖選ばれし者:Lv--〗〖英雄:LvMAX〗〖聖女:LvMAX〗
〖魔獣王:Lv1〗〖白魔導士:LvMAX〗〖黒魔導士:Lv9〗
〖闘杖術:Lv9〗〖ちっぽけな勇者:LvMAX〗
〖救護精神:LvMAX〗〖狡猾:LvMAX〗
〖嘘吐き:LvMAX〗〖ラプラス干渉権限:Lv5〗

……なるほど、確かにかなりリリクシーラのステータスが強化されているようだった。レベルこそ変わっていないが、各パラメーターは四割前後は上がっているのではなかろうか。

これが神聖スキルを取り込んだことによる能力の上昇なのだろう。スキルも、以前と比べてかなり増えているようだ。

『だが……俺と戦うには、圧倒的にステータス不足だ。んなこと、とっくにお前にはわかってたんじゃねぇのか？』

俺は『次元爪』を躱すのに必死だったリリクシーラの背後へと回り込み、前脚を振り上げていた。

リリクシーラは俺を振り返り、杖を向けてくる。

杖先には、眩《まばゆ》い光が集まっていた。

「ここでそう来るのは、わかっていましたよ。『ホーリースフィア』！」

光の球体が俺へと飛来してくる。

俺は回避せず、そのまま前脚を振り下ろした。リリクシーラの『ホーリースフィア』が俺の爪で四散する。体表に罅が入り、己の体液が飛び散ったが、大したダメージじゃなかった。このまま振り切ってやる！

俺は力押しで、そのままリリクシーラに爪を立てて地面へと叩き落した。彼女は背を崖の縁に打ち付けた。ローブが大きく裂け、夥《おびただ》しい量の血が流れ出ていく。

『ホーリースフィア』のせいで力がやや相殺されたが、それでもリリクシーラにとっては大ダメージだったはずだ。

確かに彼女のステータスは大幅に向上した。それに、リリクシーラが神聖スキルを二つ手にしたことで宿ったらしい額の魔眼の模様……アレは恐らく、俺の動きを先読みしている。『ハイクイック』の力もあり、一番致命的な速度の不利を最小限に抑えに来ている。

だが、それでもまだ、遠く及ばない。ここまでやって、せいぜい魔法特化のエルディアといったところだ。

『……こうなるって、わかってなかったのかよ?』

いや、わかっていたはずだ。だからこそ、リリクシーラは、俺への盾としてハウグレーを使い倒して行動を阻害し続け、アルアネによってアロ達を奪って精神的なアドバンテージを稼ぎに来る作戦だったはずだ。

あの二人がこの場にいれば、勝負の行方がどうなっていたかはわからない。しかし、ハウグレーの相手はヴォルクが引き受けてくれた。アルアネだって、アロとトレントが何とかしてくれたはずだと、俺はそう信じている。

何にせよ、この場にハウグレーとアルアネが駆けつけられていない時点で、リリクシーラの計画は破綻したも同然なのだ。

「ええ……わかって、いましたよ。だから、ほら……!」

リリクシーラが息を荒らげながら、俺へとまた杖を向ける。

背に、異様な気配を感じ取った。俺は首を傾け、リリクシーラを視界に留めながら背後を確認する。尻目に、見覚えのある巨大な顔岩が浮かんでいるのが見えた。

こいつは……!

種族：クレイガーディアン
状態：スピリット
Ｌｖ　：85/85（MAX）
ＨＰ　：785/785
ＭＰ　：225/225

しくじったか！

クレイガーディアンは、レベル最大の『忍び足』を持っていた。元々、無生物を装って自爆する、厄介な奴だった。

俺が気付いたときには、既に顔面に罅が入っていた。奴のお得意技『ダイレクトバースト』の前兆だった。

リリクシーラは自身を囮《おとり》にして俺の気を引き、『スピリット・サーヴァント』で俺の背後にクレイガーディアンを呼び出したのだ。

よくこんな、自分の命をギリギリまで賭けた攻撃に出てこられたものだ。エルディアが死んで枠が空いた後に、完全に一発攻撃を叩き込むためだけに、クレイガーディアンを『スピリット・サーヴァント』にしていやがったんだ。

避ける間もなく、『ダイレクトバースト』の爆発が俺の身体を貫いた。今気付いたが……こいつの爆発技は恐らく、防御力や装甲への貫通効果を持っていやがる。体表がぶっ飛ばされ、肉が焼かれるのを感じる。

「『ホーリースフィア』！」

ここぞとばかりに、リリクシーラは血塗《ちまみ》れの身体を起こし、再度俺へと光の塊をぶつけてきた。『ダイレクトバースト』で体表を剝がされたところに、『ホーリースフィア』の聖なる光が染みる。肉が直接、聖なる光に焼かれていく。

リリクシーラは……大した奴だ。本気でまだ、俺を倒すつもりでいやがる。ここまで来て、俺に有効打を叩き込んでくるなんて思ってもいなかった。

確かにここに俺では対処困難なハウグレーがいて、アルアネと奴に操られたアロ達がいれば、きっと俺はリリクシーラに敗れていた。

だから、結局はきっと、俺とリリクシーラの差は仲間の差だったのだろう。

『この程度、俺にとっては大したものじゃねえよ。奥の手がそれだったっていうのなら、もう終わりにしようぜ、リリクシーラ！』

俺は血塗れのリリクシーラへと、前脚を振り上げた。

リリクシーラが俺へと杖を構える。

「〖ホーリースフィア〗」

俺はそのまま、前脚をリリクシーラへと叩き付けた。

魔法で阻害されようと、次は逃がさねぇ。この一撃で終わらせてやる。

リリクシーラを中心に白い光が爆《は》ぜた。〖ホーリースフィア〗は、俺目掛けて放たれたわけではなかったのだ。

俺の前脚の爪が地面を抉った。

リリクシーラに避けられた。自傷ダメージ覚悟で、自分に〖ホーリースフィア〗を放って吹き飛ばしたのだ。

まさかリリクシーラがこんな行動に出てくるとは思わなかった。おまけに光のせいで、リリクシーラの姿を見失うことになった。視界を潰し、同時に自分を吹き飛ばす。確かに逃げるのに有効な魔法ではあった。

だが、リリクシーラは既に、俺の爪の一撃を受けて瀕死の重傷であったはずだ。〖ホーリースフィア〗の自爆ダメージを受けて、無事でいられるわけがない。完全にこの一手を凌げるというだけの、後を見据えられていない行動だった。

リリクシーラの気配を追えば、すぐに彼女の位置はわかった。背から光の翼を生やしたリリクシーラが、宙に浮きながら崖を降りて俺から逃げていく。

確かに〖フロート〗と〖ホーリーウィング〗さえあれば、身体がボロボロでも飛んで逃れることができる。腕や足が潰れていようとも関係はない。

どうやら『ホーリースフィア』の爆風を『ホーリーウィング』で受けて、速度を稼いで移動に転じたようだ。

リリクシーラの片腕が地面に転がっていた。『ホーリースフィア』による強引な逃走の代償だ。魔法の爆風で千切れたらしい。

リリクシーラは、部下も他者も、自分の目的のための道具としか見ていない、冷酷な人物だと思っていた。だが、違った。それより更に上をいっていた。リリクシーラは恐らく、自分の身体さえ目的のための道具として考えている。

お前は……そこまでして、俺に勝たねぇといけねぇのかよ。周囲を不幸にして、自分の身さえ犠牲にして、そんな価値がこの戦いにあるっていうのかよ。

この距離なら一瞬で追いつける。

俺は崖へと入り、『気配感知』でリリクシーラの後を追った。

リリクシーラの『スピリット・サーヴァント』の枠も、もうないはずだ。奴がストックできるのは二体までだった。

リリクシーラは嘘吐きだが、これはフェイクではないはずだ。三体使えるならば、これまでにもっと仕掛けてきていただろう。

エルディアとベルゼバブを最初は使役しており、エルディアが消えた枠にはクレイガーディアンが入っていた。

そして、ベルゼバブが死んでから時間は経っていない。リリクシーラがベルゼバブの心臓を握り潰してから、一度だって彼女から目を大きく離してはいない。代わりの魔物を用意している余裕なんてなかったはずだ。

崖の中を曲がったところで、リリクシーラが俺の方を向いて浮遊していた。血塗れの身体で、俺の方向へと杖を構えていた。

リリクシーラは『忍び足』のスキルレベルが高かった。敢えて気配を放って辿らせ、崖を越えたところで『忍び足』を発揮して、俺の『気配感知』の勘を狂わせたのだ。

「『グラビリオン』！」

俺の周囲六面を、半透明の黒い壁が覆った。誘い出して、発動に時間の掛かる大魔法の準備をしていたらしい。

六面体が一気に圧縮され、俺の身体を押し潰していく。神聖スキルでステータスが強化されているだけはある。前に受けたときよりも、六面体の収縮する力が強い。

力押しでも突破できるだろうが、それではＨＰの消耗は激しくなるだろう。俺は『グラビリオン』への対処法を持っている。

何も『グラビリオン』の黒い壁を破壊する必要はない。瞬間移動して、六面体の外側へと逃れればいいのだ。

俺は『ワームホール』を発動した。オネイロスのスキルだ。空間を捩じ曲げ、自分の座標を書き換えることができる。

黒い光が俺を包み込む。俺の様子を見たリリクシーラが、またすぐさま俺に背を向けて、逃げるように飛んでいく。

『ワームホール』は発動前後に隙が大きい。だが、リリクシーラは今俺が『ワームホール』から出てきたところを狙って攻撃しても、今の瀕死の身体では俺の反撃を避けられないと考え、逃げることを選んだようだった。

俺は黒い六面体の外へと瞬間移動した。閉じ込める対象を失った黒い六面体が、一気に収縮して視認できなくなった。

急いで『ワームホール』を発動したため、転移先が崖壁と被っていた。脚と翼の先が崖壁にめり込んでいる。

もっとも、俺にとってはこんなもの、スポンジに等しい。前へ移動するのと同時に身体を素早く引き抜いた。

しかし、足が崖壁に圧迫されている感じは全くなかったようだった。どうやら『ワームホール』の転移先の座標に物体があった場合は、その座標先にあったものがどこかへと削り取られる仕様になっているらしい。

これまでこの『ワームホール』のスキルは『グラビリオン』へのカウンターとしてしか価値を見

出せていなかったが、あらゆる物体を削り取ることができるとすれば、使い方次第では恐ろしい攻撃方法にもなるはずだ。

使い道の薄いスキルだと思っていたが、本質は瞬間移動ではなく、空間ごと抉る攻撃であったのかもしれない。

名前の通り、『ワームホール』は虫喰い穴であったわけだ。リリクシーラとの戦いで役に立つかどうかは置いておいて、このことは覚えておいた方がいいだろう。

「さすがに……ここまでのようですね。これ以上は、私の身体が持たなくなる」

リリクシーラが片腕で杖を構える。

俺は前脚を振るう。距離は取られているが、既にリリクシーラは瀕死である。俺の『次元爪』に対応できるとは思えない。

「使いたくはありませんでしたが……仕方ありません。元より、貴方との一対一に持ち込まれた時点で、避けて勝てるとは思っていませんでしたがね」

リリクシーラの周囲を光が包み込んでいく。光は流動的に色を変えていった。虹色の輝きを放っていたが、綺麗というよりは不気味だった。

「『メタモルポセス』」

光の中で、リリクシーラの気配が膨張したのを感じ取った。

なんだ、これは……？

俺はそのまま〖次元爪〗を放った。光の中の何かに、確かに攻撃が当たった手応えがあった。俺は続けて、二発目、三発目を放つ。

何かが千切れた感触があった。すぐに虹色の光が薄れる。真っ白になったリリクシーラの残骸の様なものが、崖底へと落ちていくのが見えた。

頭と体、手足がバラバラになっていた。一瞬面くらったが……どうやら、リリクシーラは死んだわけではない様子だった。経験値の取得が発生しないのだ。

何が、起こっている……？

リリクシーラはさっき、何か妙な魔法を使っていたようだった。俺は〖メタモルポセス〗について調べることにした。

【通常スキル〖メタモルポセス〗】
【人間と魔物の境界を破壊する魔法スキル。】
【人間を魔物に、魔物を人間へと変える。】
【人魔の境は二度跨ぐことができない。故に、不可逆の呪いとなる。】
【抵抗は容易であるため、自身より魔力の高い者にはまず通用しない。】

ふと、過去のリリクシーラの言葉が頭を過《よ》ぎった。

『〖聖女〗の起こした奇跡は、邪悪な魔物を、心ある善良な少年に変えた、という逸話が聖国には残っています。私がこの先、〖聖女〗のスキルレベルを上げていけば、いつかはそんな魔法を覚えることができるのかもしれません』

どこでこんなスキルを手に入れたのかと思えば、称号スキル〖聖女〗を最大レベルまで上げた際の特典スキルだったのか！

てっきり俺は、魔物を人間に変えた逸話があるという話は、リリクシーラが俺を自分の陣営に引き込むためだけの出鱈目だったのだろうと考えていた。しかし、どうやらその魔法スキルの存在だけは本物であったらしい。

あのリリクシーラの残骸の正体がわかった。アレは、脱皮だ。人とは思えないほど白くなっており、脆く、薄くなっていた。ただの抜け殻だったのだ。

崖壁に、巨大な白い蛇が這っていた。そこに人間の上半身がついている。背からは大きな白い翼が生えており、腕が四本あった。

その異形の悍《おぞ》ましい姿に、俺は驚かされた。

リリクシーラは崖壁を這いながら、蛇と化した自身の身体へ目をやっていた。次に自分の裂けた口許へと指を当て、自身の変化を確かめていた。

リリクシーラ……お前にとって俺は、そこまでしてでも倒さねぇといけない相手なのかよ。

3

　リリクシーラが蛇の身体で崖を素早く這い、俺へと一気に距離を詰めてくる。今までとは比べ物にならねぇ速度だった。

　この悪寒……A＋級じゃねぇ、伝説級にまで入っていやがる。

【『ホーリーナーガ』：L（伝説級）ランクモンスター】
【蛇の半身を持つ異形の人間。】
【邪《じゃ》が世を呑み込む前に現れて魔の王を滅する、聖なる存在であると、古くより聖国にてそう言い伝えられている。】
【自然に眠る魔力を利用した特異なスキルを自在に操る。】

　悪い予感が的中した。最悪だ。リリクシーラは、俺が初めて対峙する、完全な形での伝説級の魔物となったのだ。

　人間には進化がない代わりに、レベルアップが魔物に比べて遅く、レベルの後半になる程ステータスの上昇幅が大きく上がるようになる。この法則は、俺がこれまでの傾向からなんとなく理解していたことである。

　恐らく『メタモルポセス』の魔法は、対象のレベルとポテンシャルに応じたランクの魔物へと変化させる、というものであったのだろう。

リリクシーラはレベル１００に到達していた。これはA級モンスターの上限レベルクラスであり、俺が今まで見てきた人間の中ではぶっちぎりで最大の値である。リリクシーラは元々聖女としての力の源である、神聖スキルの『餓鬼道』を手にしていた。そこに加えて、自身の『スピリット・サーヴァント』にしていたベルゼバブを殺して、あいつの『畜生道』を奪っている。

高いレベルと、『餓鬼道』と『畜生道』の二つの神聖スキルを有するリリクシーラは、伝説級の魔物へと至る資格を持っていたのだ。

……そして恐ろしいことに、どうやら『メタモルポセス』によるこの特殊な変化によって、リリクシーラのレベルのリセットは発生していないようであった。

通常の進化で新しい種族になった際には、レベルが1へと戻される。そのため、進化したての際は、前回の進化形態に比べればステータスが若干下がるのが常であるのだ。初期はレベルが上がりやすいので少しの辛抱なのだが、進化したては慎重に動かざるを得なくなる。リリクシーラのレベルも1になっていれば楽だったのだが、どうやらそうではない様だった。

その根拠として、リリクシーラの動きがあまりに速すぎるのだ。今のリリクシーラが伝説級の魔物であったとしても、レベル1の状態でこれだけの速さを有しているわけがない。

これは恐らく『メタモルポセス』による魔物化が、通常の進化とは大きく異なるためだろう。特別な仕様となっており、元の姿の際のレベルを引き継ぐことになっているのだ。そうとしか考えられない。

〖リリクシーラ・リーアルム〗
種族：ホーリーナーガ
状態：通常
Ｌｖ　：100/140
ＨＰ　：3592/3592
ＭＰ　：3956/3956
攻撃力：2337
防御力：2047
魔法力：3440
素早さ：2299
ランク：Ｌ（伝説級）
神聖スキル：
〖餓鬼道:Lv--〗〖畜生道:Lv--〗
特性スキル：
〖神の声:LvMAX〗〖光属性:Lv--〗〖グリシャ言語:Lv7〗
〖魔術師の才:LvMAX〗〖気配感知:Lv8〗
〖忍び足:LvMAX〗〖光の衣:Lv--〗〖真理の瞳:Lv--〗
〖転生の脱皮:Lv--〗〖MP自動回復:Lv9〗
〖聖なる鱗:Lv8〗〖飛行:Lv7〗〖神仙気功:Lv7〗
〖躰煉丹術:Lv7〗〖チャクラ覚醒:Lv--〗
耐性スキル：
〖物理耐性:Lv9〗〖魔法耐性:Lv9〗〖闇属性耐性:Lv9〗
〖幻影耐性:Lv9〗〖毒耐性:Lv8〗〖呪い耐性:LvMAX〗
〖石化耐性:LvMAX〗〖即死耐性:LvMAX〗
〖麻痺耐性:Lv8〗
通常スキル：
〖ステータス閲覧:LvMAX〗〖ハイレスト:LvMAX〗
〖ハイケア:LvMAX〗〖ホーリー:LvMAX〗
〖ホーリースフィア:LvMAX〗〖ホーリースピア:LvMAX〗
〖念話:Lv9〗〖スピリット・サーヴァント:LvMAX〗
〖フロート:Lv8〗〖ハイクイック:Lv8〗
〖ハイパワー:Lv8〗〖ミラーカウンター:Lv8〗
〖グラビティ:Lv8〗〖グラビドン:Lv8〗
〖グラビリオン:Lv9〗〖コンフュージュ:Lv8〗
〖ミラージュ:Lv8〗〖ファイアスフィア:Lv8〗
〖魅了:Lv8〗〖スロウ:Lv8〗〖ディメンション:Lv8〗
〖ストーンカース:Lv8〗〖ホーリーウィング:Lv8〗
〖メタモルポセス:Lv2〗〖毒牙:Lv8〗〖神仙縮地:Lv8〗
〖アパラージタ:Lv8〗
称号スキル：
〖選ばれし者:Lv--〗〖ヘビガミ:Lv--〗〖聖女:LvMAX〗
〖魔獣王:Lv3〗〖白魔導士:LvMAX〗〖黒魔導士:Lv9〗
〖闘杖術:Lv9〗〖ちっぽけな勇者:LvMAX〗
〖救護精神:LvMAX〗〖狡猾:LvMAX〗
〖嘘吐き:LvMAX〗〖ラプラス干渉権限:Lv5〗
〖最終進化者:Lv--〗

……ステータスの優位が、ついにぶっ壊された。

スキルも一気に増えている。いや、それだけじゃねぇ。おまけというには、あまりに凶悪過ぎる付属効果があった。

瀕死であったはずのリリクシーラの、ＨＰとＭＰが完全に回復している。通常、進化してもレベルが上がっても、ＨＰ等の回復は発生しないのだ。

アレだけリリクシーラが奥の手を出し渋り、無意味と思える抵抗を繰り返していた理由が今、はっきりとわかった。

一方的な戦いだと俺に思わせることで戦いへの集中力を削ぎ、その間に少しでも俺の魔力を削ることが狙いであったのだ。

無論、俺も油断があったつもりはねぇ。だが、憐れとまで思わせるリリクシーラの抵抗の前に、俺の手が緩んでいたことは間違いない。次の瞬間には倒せているはずだと、俺は何度もそう錯覚させられていた。

そこまで合わせて、今の今まで、戦いの流れの全てがリリクシーラの掌の上だったのだ。圧倒的な戦いであると、俺にそう思わせて決定打を打つ手を鈍らせて粘り続ける。そうしてギリギリまで引っ張ったところで、『メタモルポセス』を用いて伝説級の魔物へと自身を変異させる。その全てが、事前にリリクシーラの用意していたシナリオだったのだ。

だが、引っかかっていることがあった。リリクシーラが完全回復したことがどうしても腑に落ちなかった。それも『メタモルポス』の力だとしたら、あまりにもぶっ壊れた性能だ。

【特性スキル『転生の脱皮』】
【古い身体を脱ぎ捨て、新しい身体を手に入れる。】

【魔力の消耗は激しいが、外傷や欠損を回復する。】

【また、この特性を有していることで、進化の際に自身のステータスを完全に回復させることができる。】


このスキルが悪さをしていやがったのか！

通常なら進化時のリスクを抑えられる程度のおまけだが、〖メタモルポセス〗による種族の変化が〖転生の脱皮〗の効果の中ではどうやら進化の範疇《はんちゅう》と見做《みな》されているらしく、戦闘中で一度きりとはいえ完全回復を果たす壊れスキルになっている。

偶然……な、わけがねぇ。戦闘中に〖メタモルポセス〗で〖ホーリーナーガ〗へ至り、〖転生の脱皮〗の効果で完全回復を図って優位に立つところまで、リリクシーラは見越していたのだ。そこまでの全てがリリクシーラの策だった。

ラプラス使用の有無の差が大きく出た。リリクシーラは人質頼みで俺へと挑んだのだと、そう考えていた。しかし、違ったのだ。

リリクシーラは何重にも保険を掛けた上で、完全に計算ずくで俺へと挑んできている。人質を取れず、純粋な一対一となるケースも想定内であったのだ。

スキルを用いての上位存在への進化に留まらず、システム仕様を掻い潜ったかのような荒業での全回復まで見せつけてくるとは思わなかった。

〖転生の脱皮〗のせいで、大きな差をつけられてしまった。

〖イルシア〗
種族：オネイロス
状態：通常
Ｌｖ　：109/150
ＨＰ　：2985/4397
ＭＰ　：2287/4534

ここまでの何度もの衝突によって、俺の魔力は半分にまで落とされていた。おまけにリリクシーラは未知のスキルだらけだが、奴は既に俺の戦い方を把握済みだろう。容易に一方的に攻撃できる隙を晒してくれるとは思えねぇ。

4

リリクシーラの尾が崖壁を叩き、翼を広げて俺へと向かってくる。俺もリリクシーラへと向かいながら『次元爪』を放った。

そのとき、ぐにゃりとリリクシーラの姿が歪んだ。『次元爪』は大きく外れ、壁に大きな爪痕を残すことになった。

い、今、リリクシーラは、何をしやがったんだ。オネイロスである俺には〖幻影無効〗のスキルがある。幻で俺を欺くことは不可能だ。これは、ただの幻覚スキルじゃねぇ。リリクシーラのスキルの中に、怪しいものがあった。

【通常スキル〖神仙縮地〗】
【地脈の魔力を用いて、空間そのものを縮めて移動する歩術。】

さらっと書いているが、とんでもねぇスキルだ。

さっき俺の〖次元爪〗を空間を歪めて躱してみせた様子からして、発動までに掛かる時間があまりに短すぎる。こんなもの、実質即時発動の瞬間移動だ。回避は勿論のこと、攻撃として用いられてもかなり厳しいことになる。

俺の〖ワームホール〗はまだまだ未検証の部分が多いが、使い勝手でいえば〖神仙縮地〗は〖ワームホール〗のほぼ上位互換だといえてしまう。

スキルの終わり際に何かしらの隙があるのかもしれないが、今の時点では全くわからない。攻めには出られない。初見で下手にカウンターを取ろうとするべきではないだろう。今は引いて冷静に見切り、とにかく余計なダメージを抑えるべきだ。

「〖アパラージタ〗！」

続けてリリクシーラの四つの腕に、それぞれ光の塊が握られる。それらはすぐに大きく伸び、四本の光の剣と化した。

【通常スキル『アパラージタ』】

【自身の聖なる魔力を束ね、邪を滅する武器と化す。】

【その数と形は本人の意思によって自在に変わる。】

【手許を離れても、魔力を供給し続けることで形状を維持することができる。】

……要するに、自在に形を変えられる、聖属性の魔力の塊だ。さすがは伝説級の魔物、ホーリーナーガだ。厄介な上に、汎用性が高く応用の利きやすいスキルばっかり持っていやがる。

俺は続けて迫ってくるリリクシーラに『次元爪』を放ちながら、後方へと飛んだ。再び空間の歪みが生じて、リリクシーラが俺の目前へと一気に出てきた。

俺の放った『次元爪』は、またあっさりと回避されることになった。リリクシーラには、まるで掠りもしない。

出鱈目すぎる。こんなスキルがあったんじゃ、俺の攻撃を読んで『神仙縮地』を用いて移動されれば、まともにこちらから攻撃を当てることはほぼ不可能だ。

俺は更に背後へと飛んで、リリクシーラから距離を取ろうとした。

リリクシーラが四つの腕で光の剣を振るった。振るわれた光の剣が長さを増す。刃の先端が、退いた俺の胸部へと届いた。

だが、体表を斬りつけられただけで済んだ。この程度のダメージで『神仙縮地』と『アパラージタ』を見られたのならば、ダメージを抑えられた方だ。
今は、奴の取りたい攻撃パターンを見極める必要がある。しかし、問題なのは、リリクシーラとの残りHPの差が大きすぎて、傷が浅く済んだとしてもジリ貧だということだ。
俺は後方へ逃げながら、リリクシーラの有しているスキルを確かめていく。

【特性スキル『神仙気功』】

【呼吸により大気の魔力を取り込み、身体を癒し、膂力を引き上げる導引術。】

……呼吸による、HP回復と膂力の上昇スキルか。爆発力のあるスキルではないが、これはこれでかなり厄介なスキルだ。

【特性スキル『躰煉丹術』】

【自然の魔力と自身の体液を用いて、体内にて霊薬を造り出して自身で消費する。HP、MP、状態異常を回復させる。】

状態異常回復に、HPとMPの回復……？
どうやらホーリーナーガは、最強格の護りのスキルである『神仙縮地』や、最強格の攻撃スキルである『アパラージタ』だけに留まらず、持久戦を優位に進めることのできるスキルも複数保有しているようだった。
一見地味かと思ったが『神仙気功』と『躰煉丹術』は、とんでもねぇスキルだ。こんなもんがあるんじゃ、戦いが長引けば長引くほどこっちが不利になっていく。

かといって耐久型かといえば、決してそんなことはないはずだ。近接、遠距離の双方に対応しつつ高い威力を誇る〖アパラージタ〗を有している。リリクシーラの従来の攻撃手段であった、優秀な重力魔法もそのまま残っている。

スキルのバランスが、あまりに都合よすぎる。恐らく、ホーリーナーガは伝説級の中でも最強クラスの魔物だ。

前以て〖ラプラス干渉権限〗を使って変化先の魔物を固定していやがったんだろう。とんだ効率厨のサイコ野郎だ。

『リリクシーラ……俺は今まで、お前は自分以外の全てがコマにしか見えない、クズ野郎なんだと思っていた』

リリクシーラは宙を飛びながら、無表情で俺を観察していた。〖次元爪〗の予兆があれば、即座に〖神仙縮地〗で避けるつもりなのだろう。

『だが、今わかった！　お前は、自分自身さえもコマとして見ていやがる！　人を散々利用して裏切って……何千人もの命が懸かったアーデジアの王都でだって、お前は俺とスライムを同時に処分することしか考えていやがらなかった！　そして今、自分自身でさえも人として生きることをあっさりと放棄しやがった！　お前は一体、何を考えていやがる！　そうまでしなきゃならねぇのかよ！　そこまでして神聖スキルを集めてぇのかよ！』

リリクシーラの四つの腕に握った光の剣が、円盤状へと変化する。

「貴方と言葉を交わす必要は、既にもうありません」

リリクシーラの周囲が歪み、彼女の身体が横へと動く。リリクシーラは空間が歪んだ状態のまま四つの内二つの腕を振るい、二つの光の円盤を放った。二つの光の円盤は高速回転しながら、奇妙な軌道で俺へと接近してきた。

剣のお次はチャクラムか。好きに形を変えられるとは知っていたが、ここまで変幻自在だったのか。投擲も自在とは、本当に『アパラージタ』は底の見えないスキルだ。

おまけに投擲の際に『神仙縮地』による空間歪曲を折り混ぜることで、チャクラムの軌道を誤魔化してきやがった。チャクラムが『神仙縮地』の影響範囲を脱するまでは、動きを見切ることは不可能だ。慎重に対応する必要がある。

あの『アパラージタ』のスキルは、俺でもそう何発も受けられる威力じゃねえ。連続して受ければ、簡単にＨＰをゼロにされちまいかねない。

加えて、リリクシーラにこれまで地道に削られてきたせいで、ＨＰとＭＰは、俺がかなり不利な状況になっていた。

ここで被弾して更に差を広げられれば、もう戦局を覆すことはできなくなっちまう。絶対に直撃をもらうわけにはいかねぇ。

俺が二つのチャクラムに意識を向けたその刹那、リリクシーラの姿が視界から消えた。異常事態に、俺の脳が警笛を鳴らす。

〖アパラージタ〗のチャクラムは危険だ。〖神仙縮地〗で軌道を誤魔化されている上に、元々奇怪な動きをする豪速の飛び道具だ。

だが、それ以上に、消えたリリクシーラへどうにか対処する必要があった。時間はない。ここで迷えば、死ぬ。

俺は〖竜の鏡〗で、自分の姿を完全に消した。

〖竜の鏡〗は、光と空間を歪めて自身の姿を変えるスキルだ。ＭＰが嵩《かさ》む上に解除する際には隙を晒すことになるが、自身の姿を完全に消し去ることもできる。便利ではあるが、何度も通用する手ではない上に、リスクも大きい。

リリクシーラ相手には使いたくはなかったが、ここでやらなければ危険だと俺の本能が訴えていた。前から二つのチャクラムが、それとは別に全く別の方向から二つのチャクラムが、俺の存在していた座標を綺麗に貫いた。

リリクシーラ自身はまた別の座標にいる。

手品のミスディレクションだ。俺にとって初見の攻撃である〖アパラージタ〗のチャクラムをぶつけて注意を引き、俺の視界端へと移動してそのまま〖神仙縮地〗で俺を回り込みながら、残りの二つのチャクラムを放ったのだ。

〖竜の鏡〗がなければ避けるのは不可能だっただろう。俺は素早く〖竜の鏡〗を解除して姿を戻し、一気に高度を引き上げた。

『竜の鏡』で消えた座標にいるのはマズい。

「……なるほど、『竜の鏡』でしたか。よく凌ぎましたね」

リリクシーラは俺を見上げながら、淡々とそう言った。四つの手には既に、次の『アパラージタ』の剣を構えていた。

……次同じ手段で回避を試みれば、恐らく再び姿を現した瞬間に『アパラージタ』を叩き込まれることになるだろう。

崖の上へと逃げながら、俺はリリクシーラのスキルをまた確認していた。


【特性スキル『チャクラ覚醒』】

【身体の七つの中枢器官を魔力によって暴走させる。】

【思考が冴え、膂力が増し、魔力が滾《たぎ》る。】

【自身の全てのステータスを引き上げることができるが、ＨＰとＭＰが急速に減少する。】

【我が身を滅ぼす諸刃の剣《つるぎ》。】


……リリクシーラのスキル構成は、遠近・攻守・持久力・特殊状況の全てに対応しているだけではなかった。

もしも追い込まれて、相手に敵わないとわかった際の暴走スキルまで持っていやがった。どこまで勝ちに執着していやがるんだ。

いざとなれば『チャクラ覚醒』で最後の足掻きを仕掛けることもできるらしい。今でさえかなり厳しい状況に迫られているのに、こんなスキルを使われて膂力と魔力を超強化なんかされちまったら、たまったもんじゃねえ。

ホーリーナーガは、まるで伝説級同士の一対一での戦いに特化しているかのようなスキル構成であった。いや、だからこそ、リリクシーラは自身の変異先として目をつけていたのだろう。パラメーターにそこまでの差はないが、このスキル構成の差は大きな不利になる。

5

俺は崖上からリリクシーラを見下ろす。

HPに差を付けられている上に、リリクシーラには大気の魔力で身体を癒す〖神仙気功〗に、体内で回復薬を作り出す〖躰煉丹術〗を持つ。

中距離はリリクシーラの間合いだ。〖神仙縮地〗で有利な間合いを保って移動しつつ攻撃を躱し、〖アパラージタ〗で攻撃を仕掛けてくる。どうにか近接戦に持ち込んで、オネイロスの攻撃力と魔法力の高さを活かして一気に大ダメージを与えるしかねぇ。

リリクシーラにとって、この戦いは持久戦でいいはずだ。応用の利く〖アパラージタ〗がある以上、リリクシーラがわざわざ近接の間合いで戦う理由は薄い。

リリクシーラに勝てるビジョンが、まるで見えてこなかった。考えれば考える程、オネイロスの戦い方はリリクシーラのスキルに封殺されている。

　ふと……こんなとき、相方の奴ならばどうしていただろうかと考えた。アイツは俺が考え込んでいる間に、どんなに不確定要素が多いときも突っ込んでいって、そんで俺が慌てふためいている横であっさりと戦果を上げちまって、ほれ見たことかという顔で俺を笑うのだ。

　こんな状況だが……つい、懐かしくなっちまった。俺が考え込み過ぎて後手に回っちまったときは相方が突っ走っていって、さすがにアイツがやり過ぎだと思えば身体の主導権を持つ俺が全力で引き留めて。

　ハレナエ砂漠やリトヴェアル族騒動の際には、お互いやり口が正反対の、どうしようもない凸凹《でこぼこ》コンビだと思っていた。しかし、あれはあれで不思議と機能していたのかもしれねぇと、今更ながらにそんなことを考えていた。

　そうだよな、相方。敵を目前にして、うじうじ考え込んでばかりじゃいられねぇ。打つ手がねぇなら、強引に仕掛け続けて機会を作るしかない。

　リリクシーラに怯えてひたすら守りに走って、それで相手に攻撃の手番を譲り続けるのは愚策にもほどがある。

　リリクシーラだって、口で言っているほど余裕があるわけがない。お互い初めての伝説級同士の殺し合い、それもリリクシーラに至っては望まぬ進化だったはずだ。

　スキルの単純な使い勝手のよさや速度では、リリクシーラの方に大きく分がある。それは間違いのないことだ。

だが、その分、オネイロスのスキルには爆発力があり、パワーや魔力のステータスでは彼女を圧倒している。戦いにおいて堅実で有利なのはリリクシーラかもしれねぇが、不利な状況をぶっ壊せるポテンシャルならオネイロスの方が遥かに高いはずだ。

俺は崖上を蹴り、リリクシーラへと飛び掛かりながら〖次元爪〗を放った。俺が腕を振るった時点で、リリクシーラの周囲がブレていた。

来た、〖神仙縮地〗だ！

リリクシーラは奇妙な動きで横へと移動し、俺の〖次元爪〗を回避する。

何度か見てきたが……この奇怪な移動スキルは、はっきりいって隙がない。動きがあまりにも読めないため、使い始めと終わりの隙をまともに突くこともできない。

ＭＰ消耗が特別大きいわけでもないので、リリクシーラのＭＰ切れを狙うのも現実的ではないだろう。リリクシーラのＭＰが切れるまで〖神仙縮地〗を使わせ続けていたら、まず間違いなくこっちが先にバテちまう。対策としては、超至近距離で直接ぶん殴ることくらいかもしれない。そうすれば空間を歪めて回避する余地だってねぇだろう。

ただ、隙を突くことはできなくとも、〖神仙縮地〗を使われた直後に、少しでも有利な状況になるように動くことはできるはずだ。

俺は息を吸い込み、口から〖灼熱の息〗をリリクシーラの移動しそうな周辺目掛けて放った。

『神仙縮地』の移動は、移動先をピンポイントで読むことは難しいが、方向は移動始めの時点で見切ることができる。

広範囲攻撃の『灼熱の息』であれば、読み勝てば当てることは不可能ではない。そして……この状況で、ここまで堅実なリリクシーラが、勝負に急《せ》いて不利を取ってくるとも思えない。

リリクシーラは攻めに出てきた俺に対して、敢えて距離を詰める選択肢は取らないはずだ。リリクシーラはそんな生易しい奴じゃねぇ。

悪手を取らず、理に敵った動きしかしない。だからこそ、リリクシーラの動きを読み切れることだってある。

『そこになるよなぁ！』

俺は前に出て位置を調整する。後半に吐いた『灼熱の息』が、リリクシーラを捉えた。

読み勝った！　だが、肝心な勝負はここからだ。リリクシーラの視界が潰れたこの隙を叩いて、一気にＨＰの差を縮める！

攻めに出て、分が悪くても殴り続けるしかねぇ。今はそういうときだ。慎重な奴を相手に大きな不利を覆すには、賭けに出るしかねぇんだ。そうだろ、相方！

俺は『次元爪』を放ちながら、自身も猛炎の中へと飛び込んでいった。

振り切った腕を戻すより速く、大口を開けてリリクシーラへと喰らいついた。

だが、外れた。炎の中、リリクシーラが俺のすぐ上方を舞っているのが見えた。俺が突っ込んでくるのを予測して、既に『神仙縮地』で移動していたのだ。

既に四つの腕の光の剣は、俺の頭部へと向けられていた。

「『病魔の息』に比べて範囲が狭く、突撃すれば自身にもダメージの入る『灼熱の息』を敢えて煙幕として用いたのは、目晦《めくら》ましの意図を誤魔化すためだったのでしょう。……ですが、それでもまだ安易でしたね」

リリクシーラは光の剣を投擲する。身体を捻ったが、さすがに位置関係が最悪だった。二本は避けたが、残りの二本はそれぞれ顎の下と首に突き刺さった。

光の剣が突き刺さった部位に高熱が走った。首が、麻痺したように硬直して動かせなくなった。毒で蝕まれているかのような感覚だ。頭部は辛うじて避けたが、相手が構えている場所に飛び込むのはさすがに厳しかったか。

リリクシーラは更に追い打ちを掛けようとしてか、腕を天へと掲げたが……俺を見て、目を見開いて硬直した。

「ウロボロス……？」

そう、今の俺は、『灼熱の息』に飛び込む瞬間に、自身の姿を『竜の鏡』でウロボロスへと変えていたのだ。

周囲が歪む。リリクシーラが『神仙縮地』での脱出を試みたのだろう。

だが、さすがに距離が近すぎる。気が付くのも一瞬遅かった。何より、ホーリーナーガの身体は、人間体と違って蛇の部分が長すぎるのだ。

「**ガァァアァアアッ！**」

猛炎を突き抜け、俺のもう一つの首が、リリクシーラの下腹部の蛇の身体へと喰らいついた。牙が、白い鱗を貫通する。

リリクシーラなら、俺が〘灼熱の息〙の煙幕に乗じて攻撃するくらい、読み切ってくるとわかっていた。〘病魔の息〙ではなく〘灼熱の息〙にしたのは、〘病魔の息〙であればリリクシーラならば『愚直すぎるので煙幕の他に意図があるかもしれない』と気が付くだろうと考えたためだ。

来るとわかっていたから、至近距離で放たれた〘アパラージタ〙も、二発は回避することができたのだ。

ウロボロスに化け、双頭の片割れを囮に用いる策が通った。見事、リリクシーラを牙で捕らえることに成功した。

ウロボロスには化けているが、無論、相方が帰ってきたわけではない。どちらの首も俺が操っているだけだ。

だが、少しだけアイツが帰ってきたような、そんな気がした。サンキューな、相方。本当に……あの頃は、いつもアイツの機転に助けられてばっかりだったな。

今だって、相方の影響がなければ、堅実なリリクシーラ相手に賭けに出て一気に飛び掛かるような策は取れなかったかもしれねぇ。

　それに、策の中心になったのは間違いなくウロボロスだった。あの進化を選んでいなければ、咄嗟にこんな作戦は思いつかなかった。

「ぐっ……！」

　リリクシーラはもがき、四つの腕で俺の頭部を殴打する。牙が折れ、骨が歪むのを感じる。〖ホーリーナーガ〗は素手で戦うタイプの魔物ではないとはいえ、伝説級というだけはあった。これまで会ってきたどの魔物よりも凶悪な連打だった。

『だが、簡単に放してやるかよ！』

　放せば、また〖神仙縮地〗で延々と間合いを保ちながら一方的に攻撃されるのは見えている。顎が抉れようが、顎が砕けようが、この牙は簡単に抜いてはやらねぇ。

　摑んでいる限り、リリクシーラは〖神仙縮地〗を使えない。アレの説明文を読んだ限り、ワープではなく空間を歪めて距離を縮めている、ということだった。

　難しい理屈はわからねぇが、〖ワームホール〗のような空間転移でないなら、押さえておけば逃げられる心配はないはずだ。

　俺はリリクシーラに喰らいついたまま、奴の身体を崖壁に叩きつけた。そのまま速度を引き上げて飛行し、身体を削っていく。

　摩擦でリリクシーラの肉が削がれていく。リリクシーラの蒼《あお》い血肉が飛ぶのが見えた。俺はより強くリリクシーラを壁へと押し付ける。崖壁が、彼女の身体で削れていった。

リリクシーラは四つの腕を振り上げ、再び各々の手に光のチャクラムを構える。

これ以上掴んでいれば、〖アパラージタ〗の攻撃を受けることになる。俺はリリクシーラを崖壁へと投げ付けた。衝撃で崖壁が窪み、大きく罅が入った。

続けて宙で回り、リリクシーラの胴体目掛けて尾の一撃を放った。リリクシーラは四つの腕を交差して防いだが、彼女の身体越しに崖壁が崩れた。

「がはっ！」

リリクシーラの口から蒼の血が溢れ出た。防がれはしたが、重い一撃であったことに代わりはねえはずだった。

〖リリクシーラ・リーアルム〗
種族：ホーリーナーガ
状態：通常
Ｌｖ　：100/140
ＨＰ　：884/3592
ＭＰ　：3681/3956

よし、しっかりダメージは取れている！

行ける。温存しているＭＰの量には大きな差があるが、決して勝てねぇ相手じゃねぇ。

続けて〘次元爪〙で即座に叩くも、リリクシーラは崖壁から跳ね起きながら〘神仙縮地〙を用いて躱した。

リリクシーラの手に〘アパラージタ〙のチャクラムがあり、〘神仙縮地〙が発動した。だとしたら、このタイミングで放ってくるはずだ。〘神仙縮地〙で歪めた空間を利用し、軌道の読めない投擲を行ってくる。

アレは一度見たが、〘竜の鏡〙で存在を消して回避するのが精一杯だった。しかし、あの回避方法は消耗が激しい上に、存在を戻す際には大きな隙を作ることになる。リリクシーラの前で、何度もあんな回避を取る訳にはいかない。

リリクシーラは、まずは二つのチャクラムを放ってきた。左右のそれぞれから、俺目掛けてチャクラムが迫ってくる。

〘神仙縮地〙の影響のためか、チャクラムは速度と軌道を目まぐるしい速さで変化させていく。空間転移とはまた別物のはずだが、ほとんど瞬間移動みたいなもんだ。

出鱈目すぎる。こんな攻撃、何度見たって慣れるものじゃあない。

俺は高度を落としながら、〘竜の鏡〙でベビードラゴンへと化けた。的が小さくなれば、その分直撃のリスクを下げられる。

その分、今攻撃を受ければ身体の損傷が大きすぎてまともに動けなくなるが……どこかでリスクは取らねぇといけない。

俺の上下を挟み込む様に、光の円盤が通過した。危ない、思ったよりもギリギリだった。もう少しでも大きければ、頭か尻尾をやられていたはずだ。

思えば、自分の周囲の空間をある程度歪められるということは、リリクシーラは放った投擲武器の軌道を誤魔化すだけではなく、修正も行えるということだ。

さすがに今の俺のベビードラゴンの小さな身体に正確に当てられるほど精度は高くねぇはずだが、今でも充分危なかった。

リリクシーラが残りの二つを投擲する。避けようと動いて、体勢が整っていないところを狙って撃ってきやがった！

いや……だが、今の身体だと膂力は大幅に減少しているが、魔法力は変わっちゃいねぇ！

俺は『グラビティ』を放った。俺を中心に黒い光が円状に広がり、近くまで来ていた『アパラージタ』のチャクラムの軌道を大きく下げさせた。二つの光のチャクラムは、俺の下を抜けて崖底へと落ちていった。

躱せた……！

あの『神仙縮地』と『アパラージタ』のコンボのチャクラムは、『竜の鏡』と『グラビティ』でギリギリ対応できる！　同じ対応を続ければリリクシーラならばそこを突いてくる危険はあるが、決して対応不可能の攻撃ってわけじゃねぇ！

リリクシーラが眉間に皺《しわ》を寄せて俺を睨んでいた。

活路は見えてきた。一見無敵に見えたホーリーナーガだが、中距離さえ崩すことができれば、近接戦なら俺が優位に立てる。

そして、中距離戦術の中枢である『神仙縮地』と『アパラージタ』は、決して付け入る隙がないわけではない。ガン攻めで賭けに出続けることを強いられるが、このＭＰの差は、ひっくり返すことのできる差だ。

6

リリクシーラは距離を保ったまま、翼を広げて俺の周囲を飛び回る。四つの腕には、また光の円盤が現れていた。『アパラージタ』のチャクラムだ。

落ち着け。『神仙縮地』によって軌道を誤魔化した『アパラージタ』は凶悪だが、しかし避けられないほどのものじゃあねぇ。破壊力と耐久力は落ちるが、このまま被弾範囲の狭いベビードラゴンの姿で攻撃を仕掛ける！

俺は『竜の鏡』で翼を更にひと回り大きくした。そして大気を翼で押し出し、リリクシーラへと接近する。

強引にでもこちらから接近する必要がある。いつまでも連続で『アパラージタ』のチャクラムを回避できるとは思えない。引けば、一方的に攻撃される。多少の不利は呑み込んで、俺から攻め続けるしかない。

リリクシーラは俺から間合いを保つ様に引いていく。引きながら、四つの腕を構えていた。『アパラージタ』のチャクラムが、四つ同時に放たれる。

二つずつ投げるのは止《や》めたのか？　リリクシーラも、チャクラムが対応されてきていることに焦りを覚え始めているのかもしれねぇ。

リリクシーラの周囲の空間が歪む。〔神仙縮地〕による、チャクラムの軌道の誤魔化しだ。四つのチャクラムは、不規則に座標を変える。

『……芸のねぇ奴だ』

俺は苛立ちに思わず呟く。

リリクシーラは絶対に有利を手放さない。不利な局面での勝負は逃げに徹して、自分が攻撃を受けにくい局面を維持し続ける。

命の奪い合いの中で、ここまで冷静に勝ち筋の強い戦術を徹底できる奴はなかなかいない。リリクシーラは、焦りや感情を戦い方に一切反映させる様子がない。

だが、それは裏を返せば、リリクシーラの攻撃にこちらが慣れやすく、行動を読みやすいということでもある。無論リリクシーラもそのリスクは織り込み済みであろうが、そのアドバンテージをしっかり活かして攻撃に出るしかない。

そのとき、強い悪寒を覚えた。リリクシーラの放った『アパラージタ』のチャクラムが、バラバラの位置で全て同時に停止したのだ。

……『神仙縮地』で空間を伸ばしたのか？

スキル説明では『神仙縮地』は空間を縮めて移動を有利にするものだとあったが、自在に縮められるのであれば、伸ばすことも不可能ではないのかもしれない。

だが、問題は『神仙縮地』でなぜチャクラムを同時に停止させたか、ということだ。タイミングをずらす目的であれば、全てのチャクラムを停止させるのは逆効果であるはず……。

リリクシーラの四つの腕に、新たに光の円盤が握られていた。

まさか、追加で放り投げてくるつもりか!?　リリクシーラも長々戦っていれば対応されると見て、決着を急いできやがった。

『チッ！』

俺は『竜の鏡』で腕を大きく変化させた。これで力不足が多少はマシになるはずだ。そのまま腕を振るい、リリクシーラへと『次元爪』を放った。

リリクシーラは『神仙縮地』で身体を背後に反らしながら、四つのチャクラムを放った。合計八つのチャクラムが、あらゆる方位を網羅する様に俺へと迫ってくる。

一旦、『ワームホール』の空間転移や『竜の鏡』の存在完全消失で回避するべきか？　いや、どちらも発動後の隙が大きすぎる。

『ワームホール』は転移先がバレバレだし、『竜の鏡』の存在完全消失も同じ座標に無防備に出現することになる。どちらもリリクシーラに一度見せた技である以上、カバーする手立てもなく普通に使うのはあまりに危険すぎる。

一か八か、だ。俺は『ミラーカウンター』のスキルを用いて、自分の前方向に強固な光の壁を造った。このスキルでは魔法の球や、拡散する攻撃を弾き返すのには向いているが……魔力で造った武器に対しての相性がよいとはあまり思えない。恐らく、簡単に突破されるはずだ。

だが、光の壁があることに意味があるのだ。俺は周囲に目を走らせ、八つの『アパラージタ』の座標と位置を確認する。

だが、『神仙縮地』でそれぞれの座標が出鱈目に変わることを思えば、とても一瞬の内に脳で処理しきれるようなものじゃあねぇ。

飛行の高度を上げ、周囲に『グラビティ』を放った。黒い光が、俺を中心に展開される。とりあえず、これで向かってくるチャクラムを下に逸らすことができる。

横から来たチャクラムの一つが、豪速で俺のすぐ下を通り抜けていった。危なかったと思ったその瞬間、『ミラーカウンター』の光の壁が砕け散った。別の方向から飛来したチャクラムが、光の壁を破壊したのだ。

しかし、これでいい。俺の周囲に『ミラーカウンター』を展開したのは、防御するためじゃあない。光の壁が破壊されることによって、反応し損なったチャクラムの存在とその位置を、瞬時に感知するためのものである。

俺は『グラビティ』の出力を全力で引き上げながら空へと飛んだ。足に熱が走った。チャクラムが掠めたのだ。

だが、この程度で済んだのは安いものだ。八つのチャクラムが次々に崖壁に衝突し、土砂崩れが起きていく。

どうにか、八連『アパラージタ』を回避することに成功した。

「……まさか、ここまで早く『アパラージタ』のチャクラムに対応してきているとは」

リリクシーラが俺から逃げるように飛びながら、そう零《こぼ》した。

ホーリーナーガの最大の利点は、中距離で一方的に攻撃しながら自動回復スキルを活かし、じわじわと相手の体力を削っていけることだ。

ここで逃がせばジリ貧だ。もう一度ここで捕まえて、一気に終わらせる！

速度自体はリリクシーラが勝っている。その上に『神仙縮地』もある。愚直に追いかけても、捕らえられるかはわからない。

ならっ、こうする！

俺は『竜の鏡』を解いてオネイロスの姿に戻りながら深く息を吸い込み、『病魔の息』を周囲へと放った。崖底一体が毒の煙に覆われていく。

「煙幕なんて、開き直った真似を……」

リリクシーラは、俺が前に視界を潰して接近する意図を隠すために、敢えて〖灼熱の息〗を選んだことを言っているのであろう。

同じことをして誤魔化すために〖灼熱の息〗を使っても、どうせ狙いは筒抜けになる。だから開き直って〖病魔の息〗を使ったのだ。こちらの方が範囲が広い上に魔力消耗も抑えられ、突っ切ってもダメージはない。

リリクシーラは速度を上げ、一気に〖病魔の息〗の範囲から逃れていった。視界が潰れた中で戦う気はないのだろう。俺の狙いを読んで逆手に取ろうと出てきた前回とは違い、勝負には乗ってこないつもりらしい。

不確定要素の多い状況や、相手の意図によって動かされている状況はとにかく逃げに徹して、一方的に攻撃できる状況を保つ、という考え方だろう。

だが、そうすると思っていた。

単純な追いかけっこなら俺は追い切れない。仮に接近できても、視界が潰れていても気配の移動は追えるので意表を突くことは難しい。細長い上に〖神仙縮地〗持ちであるホーリーナーガを、この視界の中で〖次元爪〗で攻撃するのもあまり得策ではない。

リリクシーラからすれば、〖次元爪〗を〖神仙縮地〗で警戒しながらこの煙幕から逃れようとするのが最適解だったはずだ。

だからこそ、意表を突けた。

『ここで逃がすかよ！』

〘ワームホール〙でリリクシーラの近くへと転移した俺は、即座に腕を横薙ぎに払った。そのままリリクシーラの身体を崖壁に叩き付ける。

「ぐっ！　気配の動きはなかったのに、何故ここに……！　まさか、こんな場面で〘ワームホール〙を!?」

リリクシーラは意表を突かれたものの、即座に自分が何をされているのかを理解していた。さすがはリリクシーラだが、気が付くのが一歩遅かったな。

咄嗟に思いついたことではあるが、〘病魔の息〙の煙幕があれば、それに乗じて〘ワームホール〙の転移先を誤魔化すことができる。〘ワームホール〙の欠陥である転移座標に先に生じる黒い光が、〘病魔の息〙に紛れてくれるためだ。

リリクシーラが迎え撃つつもりならば気付けたかもしれないが、逃げる際に、背後に生じた僅かな違和感を捉えられるわけがない。

リリクシーラ相手に、保険だの、リスクだのといってはいられねぇ。ここで殺しきる。

崖壁から黒い炎が上がった。オネイロスとして俺が獲得したスキル……その中でも強大な威力を誇る、〘ヘルゲート〙である。

リリクシーラが蛇の身体で崖壁を叩き、黒い炎から逃れようとする。だが、黒い炎から伸びた無数の骸《むくろ》の腕が、リリクシーラの身体へとしがみついた。

骸の腕は大きさこそさほどではなかったが、一本一本に大量の関節があり、まるで黒い鎖のようになっていた。リリクシーラの蛇の身体や、人間体の腕を、がっちりと摑んでいく。摑まれた部位は、黒く焼け焦げ始めている。

続けて崖壁の炎から、五体の黒い骸の巨人の上半身が伸びた。

「これ、は……！」

さすがのリリクシーラにも焦りがあった。俺のスキルのことはとっくに『ラプラス干渉権限』で知っているはずだ。この反応は未知への恐怖ではなく、既知への警戒だった。リリクシーラ自身も、この攻撃の直撃を受ければ危ないと理解しているのだ。


【通常スキル〖ヘルゲート〗】

【空間魔法の一種。今は亡き魔界の一部を呼び出し、悪魔の業火で敵を焼き払う。】

【悪魔の業火は術者には届かない。】

【最大規模はスキルLvに大きく依存する。】

【威力は高いが、相応の対価を要する。】


フェンリルを消失させ、伝説の防具であり高い魔法攻撃耐性を誇る〖悪装アンラマンユ〗を容易く砕いた悪魔の業火である。

俺の胸部の奥で、MPが燃え尽きていく嫌な感覚があった。このスキルは威力が高い分、発動が遅く、ＭＰの消耗も激しい。

あまり頼りたいスキルではなかったが、リリクシーラを捉えた今倒し切らなければ、長引けば長引くほどに不利を強いられ続けることになる。慎重で警戒心が強いこいつを、もう一度捕まえられるなんて都合のいい保証はどこにもねぇ。

下手に追い詰めてから逃せば、『チャクラ覚醒』による超強化まである。この攻撃で倒し切らねぇと後がない。

「あ、あ、ああ……！」

リリクシーラの顔が炎に焼け焦げ、身体がぐったりとしていく。

四つの腕は、骸の腕に押さえ付けられている。五体の巨人が、動けないリリクシーラへと崩れるように凭《もた》れ掛かっていく。

この攻撃だけではリリクシーラを仕留め切れない可能性がある。この魔界の担い手である俺には、この黒い炎によるダメージは届かないようであった。ならば、骸の巨人達と共に、リリクシーラへと一撃を入れる。

リリクシーラの『神仙縮地』も、身体が動かせなければ何の意味もない。他のスキルもワンアクションを要する。この状況であれば、俺の一撃の方が先に通る。

……本当に、そうなのだろうか？

確かに、この攻撃が通ればリリクシーラを倒し切れるはずだ。しかし、そう考えると、嫌な予感がするのだ。

リリクシーラは、こんなにあっさりと無抵抗で大技を受けてくれるような奴だっただろうか。『ヘルゲート』は消耗が激しい分、威力と範囲に優れたスキルである。しかし、ここまで骸の腕一本一本の拘束力は万能なのだろうか。

一瞬、近付くのを躊躇った。その瞬間、リリクシーラの蛇の腹が裂けて、光の刃が突き出された。俺の胸部のスレスレを掠めた。薄く、痛みが走る。

「……間合いには入ってきませんでしたか」

裂かれたリリクシーラの腹部から、リリクシーラの顔が覗き、続いて新しい彼女の身体が一気に這い出てきた。

これは『転生の脱皮』のスキルだ！　ＭＰを大量に消耗し、抜け殻の囮を造ると同時にＨＰを一気に回復することができる。

道理で身体がすぐ燃えると思った。あれは、既に半ば抜け殻のようなものだったのだ。『転生の脱皮』の抜け殻の内部で『アパラージタ』を準備し、止《とど》めを刺そうと近づいてきた俺にカウンターを入れることがリリクシーラの狙いだったのだ。今安易に近づけば、その瞬間にリリクシーラに斬られていたことだろう。

リリクシーラは一本の腕に大きな『アパラージタ』の剣を持っており、残り三つの腕にはそれぞれチャクラムを手にしていた。

抜け殻から這い出て、自由になった身体で〖ヘルゲート〗から逃れようとしている。〖アパラージタ〗の武器で俺を牽制して逃げ遂《おお》せるつもりだ。

ここまでやって逃げられるわけにはいかねぇ。だが、素手で武器を構えているリリクシーラに真っ直ぐ近づくのも危険だ。

既にリリクシーラは武器を構えていた。次の瞬間にはチャクラムを投擲してくるはずだ。

だったら、こっちも武器を造ればいい！

俺は〖竜の鏡〗で前足の形を腕へと変え、オネイロスの身体を二足歩行の構造へと造り変える。

そして〖アイディアルウェポン〗を発動した。

ただ強いだけの武器では駄目なのだ。あの〖アパラージタ〗を弾き、リリクシーラを追い詰められるだけの力が必要なのだ。〖アイディアルウェポン〗は、望んだ理想の武器を造り出してくれるスキルである。俺はリリクシーラを殺せるだけの殺傷力を持ち、同時に魔法に対して強い力を発揮できる武器をイメージした。

両手に大きな光が灯り、それは左右に分かれ、二つの剣の輪郭を象っていく。剣を象る光に質量が伴い、色がついていく。それは美しい二振りの剣へと変わった。

右の剣は刃が青く輝いており、赤い魔術式の様なものが刻まれている。左の剣は刃が深紅に輝いており、青い魔術式の様なものが刻まれている。

以前の〖ウロボロスブレード〗とデザインが似ているが、あれよりは刃が短い。右の剣は極端に

転生したらドラゴンの卵だった
～最強以外目指さねぇ～
12
猫子
Necoco
ILLUSTRATION
NAJI柳田
初回版限定
封入
購入者特典
特別書き下ろし。
『悪食家と悪童鬼』
EARTH STAR NOVEL

最東の異境地の決戦前、リリクシーラは部下を引き連れ、大陸と異境地の間にある孤島を訪れていた。長距離移動の休息のためである。聖騎士が集まって食事を摂る中、彼らから離れた大きな石に座る、小柄な老人の姿があった。『悪食家』と呼ばれる、伝説の剣士ハウグレーである。

彼はぶよぶよとした、白い団子のようなものを口にしていた。伸縮性が高く、大きく伸びてからパチンと切れていた。顔に当たる食材の感触に、ハウグレーは微かに笑みを浮かべる。

「ね、ね、お爺さん？　お爺さんは、どうしてこんなところで食事を摂っているの？　ね？」

そんな老人に、声を掛ける童女の姿があった。頭に目立つ薔薇の飾りをつけており、暗色のドレスを纏っていた。綺麗なエメラルドの髪からは長い耳が伸びている。

大きな瞳でハウグレーを見上げる。『悪童鬼』と呼ばれる、ハーフエルフの怪人アルアネであった。

ハウグレーはアルアネを見つめる。アルアネは笑っているようで、心からは笑っていない。

ハウグレーはこの表情を知っていた。若い時分によく目にした、権力者の顔だった。他人を制御し、支配しようとする人間のよくする笑いだった。しかし、アルアネには、不思議と他者を軽視しているような雰囲気がなかった。

「儂の信条でな、情を持った相手は、なるべく助けることにしとる。これは儂なりの、人斬りを止めた際に始めた贖罪の旅なのでな。だが、此度はそのような甘い戦いにはならんだろう」

アルアネはハウグレーの受け答えを目にして、口端を上げた。

「ね、ね、お爺さん？　その旅って、何年前から始めたの？　ねぇ？」

「儂の顔にまだ皺がなかった頃からかのう」

「凄い。すっごい、昔からなんだね」

「お主は、もっと長いのではないか？」

アルアネは言葉を詰まらせた。アルアネはハーフェルフであり、歳を取らない。かつて大事件を引き起こし、監獄に閉じ込められたのは、遠い過去の話であった。

「お爺さんとアルアネ、アルアネとお爺さん、少しだけ似てるね、ね」

アルアネはそう言って、ハウグレーへと手を伸ばした。

「ね、ね、お爺さん、そのお饅頭、アルアネにちょうだい！　聖騎士団の配ってるものより、ずっと美味しそう！」

「あまり美味くはないぞ。これはガルベッボの肉で作ったものでな。調理も不充分であるため、硬いし、それに錆臭い」

ガルベッボは四肢が太く皮の厚い、鼠色の竜である。大槌で潰されたような顔面をしており、全長は大人より一回り大きい程度であった。

「じゃあお爺さんは、どうして錆臭いものを食べてるの、の？」

「殺した分は食べる主義でな。今は他に同行しておる者が多いので、ごく一部しか持ってはいけんかったが……」

ハウグレーはそう言って苦笑する。ガルペッポが移動中に聖騎士団を襲撃してきたのだ。聖騎士団は不慣れな騎竜に乗って応戦することになり、苦戦していたためハウグレーが殺めたのだ。

「人間を殺したら、人間を食べるの？」

アルアネが尋ねる。ハウグレーは頭を掻き、小さく首を振った。

「食べるのは言い訳ものようなものでな。傲慢な物言いになるが、儂は別に人間と魔物を同一視はしておらん。魔物を食すのは、食べることで無駄にはせんかった、狩りだったので許してくれと、儂は身勝手にもそう思っておるのだ。だが、儂が人間を食らっても、その論は通らんだろう」

「じゃあ、アルアネが人間を食べたら？」

悪戯っぽく、アルアネが尋ねる。しかしアルアネが真剣に問いかけていることを、ハウグレーは気が付いていた。

そこでハウグレーにはわかった。アルアネは人心を見透かす心眼と、吸血鬼の人間を捕食する性質を持つ。アルアネは、生まれついての人間に対する捕食者なのだ。だから彼女は、生まれつき他者の心を支配する技術を有していたのだろう。

彼女の不気味な作り笑いは、彼女の理性ではなく、本能によって象られたものなのだ。そして、彼女の理性は、そこから離れたところにある。

「自分に尋ねることだ。儂も結局、儂を納得させたいだけなのだ」

それは一つの真理でありながら、本能と理性が大きく乖離しているアルアネに対して、酷な言葉であった。アルアネはしばし黙っていたが、ハウグレーへと手を伸ばした。

「ね、ね、そのお饅頭、アルアネにも、アルアネにもちょうだい」

ハウグレーはアルアネへと手渡す。アルアネは豪快に喰らいつき、そのまま嚙み千切った。しっかり嚙み、満足げに呑み込んだ。

「どうであった？」

「アルアネね、普通の食べ物の味はほとんどわからないし……それに、あんまりしっかりとは消化できないの」

アルアネは申し訳なさそうに口にして、それから小さく首を振った。

「でもね、でも、なんだかいつもより、ちょっとだけ美味しく感じるの」

ハウグレーはアルアネの顔をじっと見つめる。噂では、凶暴かつ狡猾で、恐ろしい魔物のような人間だと聞いていた。しかしハウグレーには、アルアネが純粋な子供のようにしか思えなかった。

「もう一つ食べるか、『悪童鬼』」

「うん、『悪食家』さん」

アルアネが笑った。ようやく純粋な笑顔を見せたと、ハウグレーは彼女に釣られて微笑んだ。

刃が湾曲しており、左の剣は二叉《にさ》の刃が絡まった複雑な構造をしていた。

【『ウロボロスブレイカ』：価値A】
【『攻撃力：＋75』】
【世界の終わりまで朽ちないとされる二振りの刃。】
【永遠と禁忌の象徴である双頭竜の骨を用いて作られた。】
【青の刃は斬りつけた対象に、耐性を無視したダメージを与え、毒状態にする。】
【赤の刃は魔法に強い耐性があり、斬りつけた魔力を分解する。】

ウロボロスの双剣シリーズである。右の刃は生命を破壊し、左の刃は魔法を破壊する力を持つようだった。

この左の赤い剣ならば『アパラージタ』にも対抗できるかもしれねぇ。リリクシーラは、余裕があるときならばチャクラムを円軌道に乗せた上で、『神仙縮地』の空間を縮める力で軌道や座標を誤魔化してくるが、今の状況では真っ直ぐ放ってくるはずであった。

それならば、この『ウロボロスブレイカ』の左の剣、魔力分解の力を持つ刃で弾けるはずだ。いや、弾いてみせる。

三つのチャクラムが放たれる。リリクシーラは『神仙縮地』でチャクラムを疑似的に同じ座標に留まらせ、タイミングをずらしてくる。

だが、来るのは全て真っ直ぐであった。俺は神経を研ぎ澄ませて、左の剣を前に伸ばして一投目のチャクラムを弾いた。

斬りつけた魔力を分解するとあったが、それには至らなかった。正面からしっかりと斬ったわけではないし、『アパラージタ』に込められている魔力が濃密すぎるためだろう。

だが、凌ぐことができるのであれば問題はない。並の武器では、チャクラムの威力に負けて破壊されていたはずだ。『ウロボロスブレイカ』の左の剣には強い魔力耐性があるからこそ、破壊されることなくチャクラムを弾き飛ばせたのだろう。

俺はそのまま前へと突っ切った。続いて、二投目のチャクラムを弾く。

だが、三投目はタイミングを読み切れなかった。剣を抜け、俺の腹部の横を斬りつけて通り過ぎていった。

しかし、この程度のダメージで今更止まってやるわけがねぇ！

背後に『ヘルゲート』の炎がある以上、リリクシーラは前に出るしかない。そして彼女の逃走進路を俺の身体で遮ってしまえば、『神仙縮地』による回避はできない。

リリクシーラは一瞬目を瞑り、呼吸を整えた。『神仙気功』による膂力の強化に専念している。

どうやら最後の『アパラージタ』、光の剣で勝負に出てくるつもりだ。

「私は、このまま終わる訳にはいかないのです！」

リリクシーラは目前まで迫った俺に対し、光の剣を振るう。俺は左の魔法耐性の剣で受け止めたが、力負けして押されてしまった。左肩を深く斬りつけられた。

『だが、そこまでだ！』

俺は右手に構える剣を突き出した。リリクシーラのへその下、人間体と蛇の身体の連結部分に、剣が深々と突き刺さった。リリクシーラの身体が、彼女の抜け殻に釘付けになった。

7

リリクシーラは目線を落とし、自身の下腹部を確認する。そこには『ウロボロスブレイカ』の右の剣、青い刃が突き刺さっている。リリクシーラの口から碧い血が舞う。

青の刃は斬りつけた対象に耐性を無視したダメージを与え、加えて相手を毒状態にする効果を持つ。リリクシーラには『物理耐性：Ｌｖ９』と『毒耐性：Ｌｖ８』があるが、この『ウロボロスブレイカ』の毒牙からは逃れられない。

リリクシーラの『アパラージタ』のリーチに対抗するために『アイディアルウェポン』を使っただけなので、『ウロボロスブレイカ』の特殊効果はあったらラッキー程度にしか見ていなかったが、おまけにしては充分過ぎる効果を持っていた。

『アイディアルウェポン』によるＭＰの消耗量はやや多いが、これまでももっと惜しまずに使ってもよかったかもしれない。

【通常スキル『アイディアルウェポン』のＬｖが８から９へと上がりました。】

刃はリリクシーラの身体を貫通し、彼女の身体を〖ヘルゲート〗の黒炎が支配する壁へと釘付けにしている。

逃げられないリリクシーラの身体が、黒い炎が象る骸の巨人に焼かれていく。〖神仙縮地〗も、崖に縫い付けられている今は使えるわけがない。あれは空間を歪めて伸び縮みさせるスキルであって、瞬間移動をしているわけではないのだ。

〖ヘルゲート〗は俺の消耗も激しいが、その分直撃したときのダメージは保証ができる。このままリリクシーラは〖ヘルゲート〗の炎で焼き尽くしてやる。

「ここまで、やって……負ける、わけには……」

リリクシーラの腕がぴくりと動いた。

俺は続けて左の剣で、リリクシーラの胸部を斬ろうとした。次の瞬間、高速でホーリーナーガの尾が飛来してきて、俺の胸部を打ち抜いた。

俺はその衝撃で背後へと弾き飛ばされた。

崖への拘束を、純粋な膂力で跳ね除けられた!?

俺は手許へ目をやる。〖ウロボロスブレイカ〗の右の剣の刃が砕けていた。な、なんだ、このとんでもねぇ力は……。

振り解《ほど》かれた以上、MPを浪費し続けるわけにはいかない。俺は〖アイディアルウェポン〗によって造った、〖ウロボロスブレイカ〗の双剣を消した。続けて〖竜の鏡〗を解除して、腕の形状に変化させていた前脚を元の形に戻す。

今……俺を尾で殴ったときのリリクシーラは、尋常ではない力だった。確かにホーリーナーガ自体ステータスは高いし、おまけに〖神仙気功〗による膂力の増加まで奴は持っている。

だが、それだけじゃねぇ。今までのリリクシーラを遥かに超えていた。

リリクシーラの身体が〖ヘルゲート〗の炎で焼け落ちて崩れていくが……その殻を喰い破り、中から新しいリリクシーラの頭が覗いていた。

また〖転生の脱皮〗を使いやがったのか！　あのスキルの魔力燃費は悪いはずだが、どれだけ外傷を与えてもHPどころか欠損部位ごと元通りになられるのはキリがねぇ。

だが……これで奴も、かなりMPを吐き出すことになったはずであった。もうひと踏ん張りで、決着をつけられる。

俺は〖次元爪〗の連打をお見舞いした。リリクシーラの姿が左右にブレる。彼女の背後の崖壁が、〖次元爪〗によって裂かれた。

なんだ、今の避け方は……。これまでも〖神仙縮地〗での回避をされていたが、今のは完全に〖次元爪〗の軌道を読んでいたとしか思えない。あいつ……俺の前脚の動きから読んで、最小の動きで避けやがったのか。

〖神仙縮地〗を更に使いこなしてきたのか？　それとも〖ラプラス干渉権限〗の予知の精度が上がっている？

いや、もっと単純だ。反応速度が跳ね上がっている。

リリクシーラの身体に残っていた、焦げた【転生の脱皮】の皮が動きについていけずに剝がれ、崖底へと落ちていった。露《あらわ》になった新しいリリクシーラの身体は、全身が仄《ほの》かに黄金の輝きを纏っていた。

『なんだ、その姿……』

リリクシーラの瞳が俺を睨んだ。寒気が走った。魔物でも見たことがないくらい、ぞっとするような冷たい目をしていた。

彼女がホーリーナーガに変貌してから、どんどん顔つきから人間味が消えていく。いや、元々コイツは人間の姿をした化け物のような奴だったのかもしれねぇ。魔物に変化したことで、内面が表れつつあるのかもしれない。

「……保険は使わずに取っておくのが理想なのですが、抱え込んでこのまま死ぬわけにもいきませんからね」

リリクシーラはこきりと、首を横に倒して鳴らした。無表情な瞳は、顔が動いても俺を睨んだまま固定されていた。

とにかく、止まったらヤベェ。今のリリクシーラは、速度も膂力も桁外れだ。何を仕掛けてくるかなんて、わかったもんじゃねぇ。

俺は崖壁のすぐ外側で飛行を続ける。リリクシーラの使ったスキルが何なのかはもうわかってい

る。姿を見たときは驚いたが、消去法で一つしか残っていねぇ。

【特性スキル『チャクラ覚醒』】

【身体の七つの中枢器官を魔力によって暴走させる。】

【思考が冴え、膂力が増し、魔力が滾る。】

【自身の全てのステータスを引き上げることができるが、ＨＰとＭＰが急速に減少する。】

【我が身を滅ぼす諸刃の剣。】

……追い込まれたとき用の暴走スキルだ。黄金の輝きは、恐らく過剰に滾った魔力が溢れているためだろう。

自分の部下に『バーサーク』を付ける奴はトールマンの兵の中にいたが、『チャクラ覚醒』はそれよりも遥かに厄介だ。『バーサーク』と違って頭が冴えた上で、あらゆるステータスを大幅に向上させている。

「認めて差し上げますよ。私の経験上、貴方のように死地でなお矜持《きょうじ》を忘れず、追い込まれたときほど本領を発揮する者が最も厄介でした」

リリクシーラが翼を広げ、俺への距離を詰めてくる。

四つの手に『アパラージタ』の輝きが宿った。またチャクラムとして投擲してくるつもりだ。投げてくるかと思ったとき……チャクラムが、ひと回りはその大きさを増した。やはり『チャクラ覚醒』でスキルの威力が跳ね上がっている。

「ですが、ここまでですよ。お眠りなさい」

『チャクラ覚醒』には自身のHP、MPを摩り減らす効果がついている。スライムの暴走体であるルインと似ている。あいつと同じ対処法でいいのであれば、リリクシーラが消耗しきるまで距離を保ったまま逃げ切ればいいかもしれないと、一瞬そう考えた。

しかし、それだけでは駄目だ。『アパラージタ』のチャクラムがある上に、『神仙縮地』で好きな様に距離を詰められる。

だが、今のリリクシーラに白兵戦の間合いで仕掛けるのは危険過ぎる。どっちで動いたとしても、まるでリリクシーラを出し抜ける気がしなかった。

しかし、これが本当の、最後の正念場だ。『チャクラ覚醒』は自壊という大きなリスクを取ることを対価に、自分よりも上の相手を葬る機会を得ることのできるスキルだ。ここを凌げば、リリクシーラは最後の手段を失う。

8

リリクシーラの手から四つのチャクラムが放たれる。

俺は『竜の鏡』でベビードラゴンへと姿を変えた。チャクラムは一回り以上大きくなっているが、これでやり過ごすのが一番確実だ。元のオネイロスの大きさだと、とてもじゃねぇが安定して避けることができねぇ。

前回同様自身の周囲に『ミラーカウンター』の光の壁を展開する。

跳ね返すためではない。『アパラージタ』のチャクラムが『神仙縮地』で急に距離を詰めてきても『ミラーカウンター』が破壊される音で即座に反応できるようにしておくためである。

だが、これで安心することはできない。リリクシーラは、俺の対応策が固まってきた状態で、何度も同じ攻撃パターンを仕掛けてくるだけとは思えない。

『チャクラ覚醒』はHPとMPを消耗し続けるスキルだ。リリクシーラとて四連『アパラージタ』を無駄撃ちはできないし、ダメージを受けてMPを用いて回復するのも避けたいはずだ。

リリクシーラの動きは速くなった。スキルの威力も強化されている。だが、リリクシーラにとってプラスばかりではない。

リリクシーラは『チャクラ覚醒』のデメリットにより、長期戦を狙った戦法は取れなくなる。相手の出方を窺う牽制行為が取り辛くなったはずだ。

今までの安全圏から攻撃しつつ俺が飛び込んでくるところを叩く戦法は取れない。これまでとは違う隙が出てくるはずなのだ。俺は、そこを突くしかない。

『チャクラ覚醒』のメリットに翻弄されず、デメリットをしっかりこちらのアドバンテージに変えなければいけない。強化されたスキルに振り回されていれば、『チャクラ覚醒』の火力の前に一気に沈められることになる。

『アパラージタ』のチャクラムが『神仙縮地』によって出鱈目な軌道に移動した。そのとき、違和感を覚えた。チャクラムが俺を回り込み、先の道を潰すかのような配置だったからだ。

これまでリリクシーラの行動の隙を突くのはかなり苦労させられた。攻撃に対してカウンターを取るのであれば、どこかで意表を突かなければまず通らなかった。

それは、リリクシーラは攻撃を行う際に、相手の甘い対応を期待しているかのような行動をほとんど取らないからだ。

ここまで機械的に戦えるのは、リリクシーラの性根も大きいだろうが、『ラプラス干渉権限』でかなり周到なシミュレーションを積んできたことが窺える。

ここでチャクラムを投げてきたのは、チャクラムを当てるためじゃねぇ。本命の狙いは別にある。俺の行く手をチャクラムで潰し、速攻を仕掛けやすい近接戦の間合いで戦うことだ。この配置は、それ以外考えられねぇ。

『チャクラ覚醒』の強化があるとはいえ、俺が一度対応できた、慣れつつある攻撃パターンを、リリクシーラが捻りなく使ってくるというのがそもそもおかしかったのだ。他のどの敵でも有り得ただろうが、コイツだけはそれをやってこないという確信があった。

リリクシーラが飛び込んでくるのなら、物理面のステータスが大幅に減少しているベビードラゴンの姿を取っているのはまずい。

だが、どの道、回避をしたチャクラムは俺目掛けて戻ってくる。ベビードラゴンじゃねぇと避けきる自信がない。

悩んでいる猶予はない。俺は『竜の鏡』を解除しながら前へと飛び込みつつ、『次元爪』を前方へ放った。

リリクシーラが前から攻めてくるなら牽制になるはずだった。だが、俺が腕を振り切ったとき、リリクシーラは俺の上方を取っていた。

リリクシーラは『アパラージタ』で造ったらしい、巨大な光の斧《おの》を掲げていた。リリクシーラは急いで間合いを詰めるよりも、『次元爪』を読んで確実に回避してきやがった。

「よく私の狙いを見切れましたね。ですが、一手遅かった」

……リリクシーラの言葉通りだった。

奴が『アパラージタ』を投げた瞬間に、俺の後方を狙って白兵戦を仕掛けるためのものだと読むことができていれば、安全に対応することもできていたはずだ。

『次元爪』まで読んでいたことといい、結局は俺が遅れて気が付くところまで、リリクシーラの手の上だったのだ。いや……たとえ一瞬速くこの可能性に気が付くことができていたとしても、今まで散々リリクシーラの安全圏からの一方的な『アパラージタ』の猛攻に苦しめられてきていた俺は、チャクラムの軌道に確証がない限りは、その一点読みで動くことなんざできなかっただろう。ましてや、咄嗟の判断で完璧に対応することなど、どう考えても不可能だ。

リリクシーラは、そこまで読んだ上で距離を詰める手段に出たのか……？

ここまで病的に慎重だったリリクシーラだ。リスクを負って決めに来たことを思えば、狙って動いているると考えた方が妥当なのかもしれない。

俺はリリクシーラと向き合いながら身体を捻り、同時に高度を上げた。

前に出たリリクシーラが俺の上を取っているということは、『アパラージタ』のチャクラムの高度はやや低めである可能性が高いと、そう考えたのである。リリクシーラとて、一歩間違えれば自分に当たりかねないからだ。

俺の尾に激痛が走った。『アパラージタ』のチャクラムが当たったのだ。予測は的中したが、一発避けられなかった！

同時に俺に対し、リリクシーラが光の巨斧《きょふ》を振り下ろした。胸部から反対側の下に抜けて袈裟《けさ》斬りにされた。

俺の血で視界が蒼《あお》に染まった。意識が飛ぶかと思った。ダメージをかなりもらったはずだ。『チャクラ覚醒』のステータス向上スキルと、バカでかい斧型の『アパラージタ』、そして正面から直撃を受けたことが合わさったのだろう。

一撃で俺のＨＰの上限値の大半を削りかねないダメージだった。ベビードラゴンの姿で受ければ確実に死んでいた。

体勢を立て直す前に、二発目が来る……！

俺はせいいっぱい斜め上の背後に逃げながら、『アイディアルウェポン』を使った。俺が出すのは、この場を凌げる大盾だ！

【〖オネイロスフリューゲル〗：価値L（伝説級）】

【〖防御力：３０００〗】

【青紫に仄かに輝く大盾。】

【夢の世界を司るとされる〖夢幻竜〗の翼を用いて造られた。】

【人の世界と神の世界を隔てる扉として用いられているとされている。】

【生半可な攻撃を通さないことは無論のこと、近付こうとする者は幻影に惑わされるという。】

青紫のグラデーションの掛かった、巨大な盾が俺の前に展開された。オネイロスの両翼が左右から中央に向けて渦を巻いているかのようなデザインになっていた。

素早く〖竜の鏡〗で前脚の形を変えて〖オネイロスフリューゲル〗を支えた。

どうやらスキルレベル向上に伴い、出せる武具がウロボロスからオネイロスに進化したらしい。パラメーターは所有者の防御力への補正値ではなく、単純に大盾の防御力となるようだ。

矢を防いでダメージを受けるわけがないので当然ではあるが、初めて知ったこの世界の盾の仕様であった。

完全に攻撃を跳ね返すことはできないだろうが、何手かダメージを凌ぐ程度は可能なはずだ。その間に胸の傷を〖自己再生〗と〖竜の鏡〗で消し去る。欠損を回復するためには、この二つのスキルを併用した方がＭＰの消耗を抑えられるのだ。

ＨＰは『ハイレスト』で回復する。

『アパラージタ』の大斧の一撃が『オネイロスフリューゲル』にぶちあたった。『オネイロスフリューゲル』の右半分が剝がれて宙を舞い、残った左半分も大きく抉れていた。

無いよりマシだが、思ったより防げてねぇ！　マジで【防御力：３０００】の肉盾ってくらいの効果しかなさそうだ。

「アレと対面するのは、私です。貴方ではありません」

リリクシーラが俺を睨みながらそう口にした。アレとは『神の声』のことだろうか。慕っているわりには、えらくぞんざいな呼び方をしている。

リリクシーラの二撃目の『アパラージタ』の斧の攻撃が振り下ろされる。

俺は残った左側の『オネイロスフリューゲル』を前に放り投げ、尾でその背面を殴りつけてリリクシーラへと飛ばした。その反動で後方に飛びつつ、『自己再生』と『ハイレスト』による回復を続けていく。

リリクシーラの『アパラージタ』の斧が、俺が弾き飛ばした『オネイロスフリューゲル』の左半分を下へと叩き落とした。

一瞬で破壊されたが、リリクシーラの攻撃を中断できたのは大きい。咄嗟に出せる大盾というだけで充分価値がある。

ここまで、俺とリリクシーラの戦いは、ＭＰを削る戦いであると考えていた。お互いに最大ＨＰ

が高く、耐性スキル・回復スキルが豊富であるためだ。両者共に、ＨＰを削り切られる前に回復スキルを挟むことができる。

だが……先ほどの斧の攻撃は、俺のＨＰを最大から一気に削り切りかねないダメージを叩き出してきた。

『チャクラ覚醒』に『アパラージタ』によって造った大斧の大振り、属性相性、そして正面からの直撃が嚙み合った結果であろうが……条件さえ整えば一気にＨＰを削られるというのは、決して無視できる情報ではない。

『アパラージタ』は変幻自在であるし、『神仙縮地』も応用の幅が広すぎる。出たスキルを一通り見たからといって、攻撃パターンを網羅できたと考えるのは安易すぎる。俺の想像していなかった方法で高火力を叩き込んでくる可能性も見るべきだろう。

『チャクラ覚醒』状態のリリクシーラは、俺のＨＰの大半を一撃で削れる攻撃力を持っている。そう考えて動くべきだ。

……ならば、多少ＭＰが嵩《かさ》んだとしても、常にＨＰを最大でキープしておく必要がある。ＭＰの消耗は激しくなるが、ＨＰの回復を怠っていれば一つの見落としで簡単に即死させられかねない以上、仕方ない。

リリクシーラの身体がぐらりと揺らいだ。さっきの衝突でこちらからのダメージは与えられていないが、『チャクラ覚醒』の負荷が掛かっているのかもしれねぇ。

距離を置いて回復を続けながら『次元爪』を三発放った。リリクシーラの姿が、消えたり現れたりを繰り返す。

……近接で行動を制限しねぇと、とてもじゃねぇが捉えられないか。

現れたリリクシーラの手許から、『アパラージタ』の大斧が消えていた。どこへやった……と考えて、一瞬遅れて、宙に突然現れた光の大斧の存在に気が付いた。複雑な回転をしながら、真っ直ぐに俺へ向かってきている。

『神仙縮地』に紛れて、こっちに投げ付けてきやがった！

同時にリリクシーラは、再び『アパラージタ』で四つの腕にチャクラムを構えている。

俺は『竜の鏡』でベビードラゴンに姿を変えて高度を上げる。俺のすぐ下の空間を『アパラージタ』の大斧が刈り取った。

リリクシーラが中距離主体で『アパラージタ』を用いて攻めてくるのなら、この姿で避け続けるのが一番であった。奴にとっても、『チャクラ覚醒』の負担は無視できねぇはずだ。

チャクラム投擲に紛れて『神仙縮地』で距離を詰めてくる恐れもあるが、そのパターンはさっき一度、目にしている。次来たときは、さっきよりも上手く対応できる。

この選択も苦しい戦いにはなるが、あの『チャクラ覚醒』状態のリリクシーラに正面から飛び込むのは得策じゃねぇ。

向こうが自分から白兵戦を仕掛けるつもりがないというのなら、こっちも逃げに徹するまでだ。

苦しいが、俺も待つ。

リリクシーラは、徹底して自分の不利な盤面を避けて、俺が思うように動くのを待っている。相手の思惑に乗っていれば、どんどんと追い込まれていくだけだ。

逃げる俺をリリクシーラが追ってくる。

〖神仙縮地〗は使っていない。タイミングを計っているのだろう。

そのとき……俺の〖気配感知〗が、何者かが近づいてくる気配を拾った。

この方角だとすぐに合流するはずだ。恐らく人間……それも、何かしらの空を飛ぶ魔物に乗っているようであった。

……ヴォルクと、黒蜥蜴《くろとかげ》か？　考えたくはないが、ゼフィールに乗ったハウグレーという可能性もある。

この状態でぶつかるのは好ましいとは言えない。ヴォルク達であったとしても、彼らのステータスでは今のリリクシーラと交戦するのはほぼ不可能だ。正直、俺の取れる行動の方が、制限されてしまうだろう。

ハウグレーであれば、合流するべきでないことは言わずもがなである。俺はあの奇妙な動きに対応できなかった。

速度で振り切って戦いに付き合わないという手もあるが、そうすればハウグレーの周辺がリリクシーラの安全地帯となってしまう。

俺もリリクシーラから距離を置いてはいるが、完全に振り切って逃げるつもりはない。リリクシーラにとってもこの戦いを中断させたくはないはずだ。

リリクシーラからしてみれば、今回は世界中から俺への対抗戦力を集め、自身の進化を利用して効率的に俺のＭＰを削れる戦いなのだ。次は今回よりも戦力は落ちるだろうし、〖転生の脱皮〗の悪用や、〖神仙縮地〗の初見殺しも俺には通用しない。

そして俺としても、こんな戦いを何度も続けられていればアロ達が全員無事で生き延び続けられるとはとても考えられない。この場でリリクシーラと、少しでも早く決着をつけたいのだ。そのためこの点に限っては、俺とリリクシーラの考えは一致しているはずであった。

目前の気配と合流すれば、どういう想定であってもこちらが不利に働く。だが……軌道を変えるわけにはいかない。

俺は後方に目を向ける。

「フフ……私に、運が向いたようですね」

リリクシーラが大きく裂けた口を開いて笑う。

リリクシーラにとって、合流相手が敵であっても味方であっても関係はない。どちらであっても戦況は彼女の有利に傾くことになる。敵ならば攻撃を仕掛けて俺が守らざるを得なくして、味方であればそのまま戦力にする算段なのだろう。

だったら俺は、先に合流するしかねぇ！

俺は飛行速度を上げた。

「私がそれを許すと、そう思っているのですか？」

リリクシーラの周囲の空間が歪み、一気に距離を詰めてきた。同時に手から四つの『アパラージタ』のチャクラムを放つ。

こっちもいい加減、対応には慣れてきたんだよ！

俺はリリクシーラ本体が『神仙縮地』で強襲してくるのを警戒しながら、不規則に飛んで動きを読まれないようにする。

『神仙縮地』を用いた投擲武器の軌道変更にも、多少は頭が追い付いてきた。複雑に見えて、案外パターン自体は多くない。

理解はできている。後は、いくら咄嗟に対応できるかと、脳のリソースをどれだけリリクシーラに残せるか、だ。

今のこの座標なら、三つの『アパラージタ』のチャクラムの軌道には引っ掛からない。

リリクシーラの口許に微かに笑みが浮かんだ。

あいつの考えはわかっている。四つ目のチャクラムの動きはわからなかったが、ここが空いているのが安易に見切れた以上、リリクシーラに誘導されたと考えるべきだろう。

『〖アイディアルウェポン〗！』

俺は『オネイロスフリューゲル』を自身の横に浮かべた。横から飛来してきた『アパラージタ』

のチャクラムが、オネイロスの両翼によって妨げられた。

『オネイロスフリューゲル』は大きく窪んで崖下へと落下していく。どうせ今の身体で支えるのは面倒だったので、元より使い切りのつもりだ。

ＭＰは嵩むが、身体を治すよりはマシだ。確実に攻撃を凌ぎ続ける。

リリクシーラ相手に雑な守りや攻撃は許されない。そこを読んでカモにされ続けるだけだ。俺も普段以上に慎重に動く必要があった。

リリクシーラの『チャクラ覚醒』が機能している以上、わざわざ俺から攻めるつもりはない。守りに徹して、焦《じ》れたリリクシーラを確実に叩く。

俺が更に上方へと逃げようとしたとき……俺の『気配感知』が、例の第三者がすぐそこまで来ているということを教えてくれた。俺はリリクシーラから距離を取りつつ、上方の人物を確認するために顔を上げた。

それは、全く俺の想定していない人物であった。金の短髪、やや特徴的な三白眼を持つ女が、騎竜の上で空へ剣を掲げていた。

現れたのは、聖女の付き人、聖騎士のアルヒスであった。

「『ルナ・ルーチェン』！」

十の光弾が、リリクシーラのチャクラムを避けきったばかりの俺へと向かってきた。

二発、被弾した。翼に熱が走る。

ベビードラゴンになって俺の防御力は大幅に減少しているが、どちらにせよ大したダメージにはならなかった。『ルナ・ルーチェン』は手数に頼った中距離攻撃のスキルであり、本命というよりは牽制用の技だ。

そのため威力が弱いということもあるだろうが、今の俺のベビードラゴンの薄い翼さえまともに貫けずにいる。スキルの問題というよりは、レベル差が大きすぎるためだろう。この程度の攻撃、今の姿であれば何十発受けても全く痛くはない。

……わざわざ何しに来やがったんだ、アルヒス。今更お前が単騎で乗り込んできて、どうにかなる戦闘じゃねえのは本人が一番わかっているはずだ。

言っちゃ悪いが、リリクシーラから的にされかねないアロ達や、相手の戦力になると厄介なハウグレーでなくてよかった。

リリクシーラもアルヒスが乗り込んでくるのは予想していなかったらしく、眉間に皺を寄せて彼女を睨んでいた。

9

俺は『竜の鏡』で翼をひと回り大きくし、上空へと羽搏いた。それだけで周囲の空気が乱れ、アルヒスの乗る騎竜が大きく姿勢を乱した。

「ぐっ、この程度……！」

俺は最小の威力で〖次元爪〗を放った。体勢を戻そうとするアルヒスの背後で、崖壁が爆ぜて大きな爪痕が生じ、土煙が舞った。

アルヒスが目を見開く。

『……次は当てるぞ。お前じゃ、勝負にならねぇ。下がってやがれ』

俺がアルヒスへとそう口にしたとき、リリクシーラが再び手に四つのチャクラムを構えていた。

俺は目先の光景を疑った。

「やはり貴方は、甘いですね」

『おい、今んなことしたら……』

あの不規則なチャクラムの強みは、読めない軌道とその攻撃範囲にある。周囲一帯を四つのチャクラムが出鱈目な軌道で駆け回れば、リリクシーラの部下であるアルヒスに当たったとしてもおかしくはない。そうなれば、アルヒスは間違いなく即死する。

「この子が今来たところで何の足しにもならないと思いましたが、貴方の足を一瞬でも引っ張れたようで何よりです」

四つのチャクラムが容赦なく放たれた。

ほ、本気なのか……？

リリクシーラが部下の命であっても、使い切りの駒として見ていることはわかっていた。だが、アルヒスはリリクシーラの付き人であったはずだ。多少の情はあるはずだと考えていたが、リリクシーラの動きには何の迷いも見えなかった。

俺はリリクシーラとは違う。リリクシーラは倒さなければならない敵だ。しかし、彼女の部下だとしても、無用に殺したくなんてなかった。

ことこの状況においては、今更一般聖騎士一人の戦力なんて戦況に変化はない。戦いが途切れたとしても、アルヒスを見逃したって別によかった。

だが、リリクシーラはそうではなかったのだ。

……いや、さすがにこの状況……アルヒスの周囲が安全地帯になっている可能性が高い。リリクシーラは、俺の見逃しが自身への揺さ振りかもしれないと判断して、隙を見せないように無情に振る舞って攻撃を仕掛けてきたのかもしれない。

多少は対応に慣れてきたとはいえ、今のリリクシーラの『アパラージタ』を完全に避けきるには、最終的にはどうしても勘頼みになってしまう。少しでも指標があるのは大きい。ここは一度、アルヒスの近場に飛んでから動きを見切る。

俺はアルヒスの近くへと飛んだ。

どうせ、彼女の攻撃は受けても痛くはない。

今のベビードラゴンの姿で剣での直接攻撃や連撃はさすがにもらいたくはないが、一発攻撃を受ければ直後に反撃して殺し返せるくらいにはステータス差が開いている。脅威にはなり得ないといって差し支えない。

「あら……惜しかったですね」

〘神仙縮地〙によって唐突に現れた〘アパラージタ〙のチャクラムが、俺へと飛来してきた。俺は驚いたが、横に飛ぶべきだと判断した。

オネイロスの姿ならば間違いなく当たっていたが、今の大きさならばここからでも充分避けられるはずだ。俺は翼で空気を押し出し、横へと回避を試みる。

そのとき、俺は遅れて気が付いた。このチャクラムの軌道は、間違いなくアルヒスに当たる位置であった。

な、なんでだ……リリクシーラは、本気でアルヒスを、たった一回の駆け引きのためのダシにして殺すつもりなのか？

い、いや、考えるな。この戦い、俺は何度もリリクシーラの聖騎士を殺してきた。ここは手を緩められねぇ場面だ。

アルヒスだって、覚悟していたはずだ。俺は確認も取った。逃げる機会だって与えた。だが、それでもアルヒスはここに残ることを選んだのだ。

俺にはアロ達が待っている。どう考えたって、こんなところでアルヒスなんて庇《かば》っても仕方がねぇだろうが！

そのとき、ふと、王都でのことが脳裏を過ぎった。

リリクシーラの裏切りにより俺と聖騎士との交戦になったとき、倒したはずのスライムが伝説級の魔物であるルインに変貌して暴走し、王都を荒らし始めた。その際……俺は、聖騎士から回復を受けることを条件に、スライムを止めることを約束した。

聖騎士の連中は嘘ではないかと疑って掛かっていた。そのとき、真っ先に俺への攻撃を止め、周囲に回復するよう呼び掛けてくれたのはアルヒスだった。

彼女がいなければ、きっと王都アルバンはスライムの最後の暴走によって滅んでいただろう。それればかりか、俺は回復前にベルゼバブに襲われて死んでいたかもしれない。あのときアルヒスは、俺に止めを刺すのを諦めて、王都アルバンを救う道を選んだのだ。

あの一件が終わってから……アロからも、アルヒスに関する妙な話を聞いたことがあった。アルバンの城で、アルヒスから俺以外の仲間を連れてとっととこの王都から逃げろ、という忠告を受けたのだそうだ。

結局アロはそれを聞き入れず、その場でアルヒスとの交戦になったとのことだった。アルヒスは、俺以外の奴らを見逃そうとしたのだろう。

最初に会ったとき、妙に高圧的だったのも、今では理解できる。きっとアルヒスは、いつか裏切る相手に笑顔を向けられる程、器用な人間ではなかったのだ。

だからこそ俺は……このリリクシーラとの戦いの中でも、できればアルヒスを殺したくはないと、そう考えていた。

論理的に考えた結果ではなく、咄嗟の判断だった。俺は『竜の鏡』で身体を巨大化させながら後方に飛び、リリクシーラの『アパラージタ』のチャクラムを左肩で受け止めていた。

なんとか後方へ受け流す。だが、左肩が抉れ、左翼も大きく裂かれていた。

「な、なぜ……？」

アルヒスが呆然とした表情で俺へと声を掛けてくる。

『なんでテメェは、あんな奴に従ってやがるんだよ！　あの姿を見ても、ここまでされても、わかんねぇのか！　俺は、王都のためにお前が俺を見逃してくれたことも、裏切る前にアロだけでも助けようとしてくれたことも知ってる！　ちゃんと自分で考えて動ける奴だって信じてるんだ！　だから、とっとと消えてくれ！』

俺はアルヒスへと『念話』をぶつけた。アルヒスは剣を握る腕を力なく垂らしたまま、騎竜の上に凍り付いていた。

「わ、私は……」

リリクシーラの手には、四本の『アパラージタ』の光の剣が握られていた。飛行能力の落ちた今を突いて、今度こそ白兵戦で仕留めに来るつもりだ。

「アルヒス、貴女程度がここまで役に立ってくれたのは、私にとって大きな嬉しい誤算でした。貴女の身勝手を放置しておいたのが、結果的にプラスになりました。そのまま離れ過ぎないように、周囲を飛び回っておいてください」

リリクシーラ……お前は、そういう手段しか取れねぇのかよ！

『〖アイディアルウェポン〗！』

〖竜の鏡〗で前脚を腕へと変化させる。

俺のＭＰもそろそろ限界が近いが、それはリリクシーラとて同じことであるはずだ。ここは一気に勝負に出る。返り討ちにしてやる。

俺の両手に青紫に輝く大きな剣と、大きな盾が現れた。大盾の方は前回同様に〖オネイロスフリューゲル〗だが、剣の方は初めて見る。

【〖オネイロスライゼム〗：価値Ｌ（伝説級）】

【〖攻撃力：＋２４０〗】

【青紫に仄かに輝く大剣。】

【夢の世界を司るとされる〖夢幻竜〗の牙を用いて造られた。】

【この刃に斬られた者は、現実と虚構が曖昧になり、やがては夢の世界に導かれるという。】

【斬りつけた相手の〖幻影耐性〗を一時的に減少させる。】

リリクシーラは〖神仙縮地〗で俺への距離を詰めつつ、四本の〖アパラージタ〗の光の剣を振りかぶってくる。

俺は〖オネイロスライゼム〗の刃で光の剣を逸らし、捌ききれない攻撃を〖オネイロスフリューゲル〗で防いだ。

だが、ジリ貧だった。圧倒的に手数で勝るリリクシーラの猛攻に、とてもじゃないが正面からでは対応しきれない。

『オネイロスライゼム』はほとんど間に合わないし、『オネイロスフリューゲル』は執拗な剣撃の前に斬り傷が走り、罅割れて欠けていく。

後退しながら隙を探るも、リリクシーラの動きが速すぎて反撃する機会が見えてこない。いずれ俺が防ぎきれなくなるのは明らかだった。

左翼の回復も万全でないため、攻撃を受ける度に不安定な動きで高度を落としていた。

アルヒスはリリクシーラの言葉を守り、俺達を囲む様に飛び回っていた。俺は先ほどアルヒスになぜリリクシーラなんかに従うのかと投げかけたが、結局答えは返ってこなかった。

アルヒスは、俺の言葉に耳を貸すつもりはないらしい。だというのなら……俺は、これ以上はアルヒスを殺す気で行く。

俺自身アルヒスのために死んでやるつもりはねぇし、アロ達の命も俺の背に掛かっている。あいつらは全力で、全てを懸けて戦ってくれた。ここで、俺が気の迷いでアルヒスを庇って殺されるような、そんな真似は絶対に許されねぇんだ。

これ以上剣を向けるというのならば……次に邪魔な場面があれば、俺は今度こそアルヒスを庇うようなことはしない。アルヒスもこの場に来たということは、その覚悟あってのことだ。

俺は『オネイロスフリューゲル』でリリクシーラの光の刃を受けながら、その衝撃を利用して大きく後退した。接近と攻撃を試みてくるアルヒスから、極力距離を取るためであった。

その際に、刃を受けた〖オネイロスフリューゲル〗の上部が破損した。場に応じた理想的な武器を造り出す〖アイディアルウェポン〗は強力だが、相応に魔力を消耗する。もう、既に俺の残り魔力はジリ貧だった。この状況で魔力を用いて造った武器を一方的に失えば、本当に後がない。

離れながら〖次元爪〗を放つが、同時にリリクシーラは握る刃の一つをチャクラムに変えて投擲していた。

いくらなんでも判断が速すぎる。恐らくリリクシーラは、俺がアルヒスから離れる選択肢を優先するとわかっていたのだ。

だから後方に逃れると読んで、即座にチャクラムを放てたのだ。

消極的な逃げの考えじゃ駄目だ。リリクシーラは、感情や勢いに任せた戦術は取ってこない。持てるアドバンテージを冷静に俯瞰《ふかん》し、効果的に、全力でぶつけてくる。こっちの甘い考えは全て見透かされている。

……アルヒスを見捨てるのではなく、アルヒスの命を奪う。そのつもりで勝負に挑まねぇと、リリクシーラには勝てない。

俺は欠けた〖オネイロスフリューゲル〗でチャクラムを防ごうとした。だが、受けた角度が甘かった。翼の盾越しに衝撃が身体を弾いた。

動きを読んで不意打ちで放たれたチャクラムが、なおかつ『神仙縮地』で初動を歪められるのだ。

こんなもの、安定して返すのは不可能だ。

リリクシーラは『神仙縮地』で回り込む様に動き、回避と同時に距離を詰めてきていた。動きが読まれていたせいで、ロクに距離が取れなかった。

リリクシーラは『神仙縮地』を用いて不規則な動きで俺の周囲を飛び回りながら、三本の光の刃を振るう。俺は一撃目を『オネイロスライゼム』で往なし、二撃目を背後に回避する。

三撃目が避けきれないと思ったとき……リリクシーラの身体がその場で唐突に静止して、ぐらりと揺れた。その一瞬の隙で、俺は高度を上げて辛うじて刃を凌ぐことができた。リリクシーラの顔が険しくなった。

……今、奴の持つ三つの光の刃が、同時に細くなったのが見えた。限界が来たのは俺だけじゃなかった。リリクシーラも『チャクラ覚醒』のデメリットである、ＨＰとＭＰの持続的な減少が、恐らくかなり辛くなってきたのだ。

他のスキルでの継続的な回復を挟んでどうにか誤魔化していたようだが、そんなものがずっと続くわけがない。ついに、その破綻が現れてきたのだ。

無表情だったリリクシーラの顔にも、焦りの色が見え始めてきていた。

「私が、負ける……？　そんなわけには、行かないのですよ！」

リリクシーラは『アパラージタ』で、チャクラムにして失った分の四本目の刃を再び造り出した。

だが、同時に、全ての刃をやや細めの形状で安定させていた。魔力の消耗を少しでも抑えようと苦心しているようだった。

俺もリリクシーラに対して、刃に薄い亀裂の入った〖オネイロスライゼム〗と、下半分しか残されていない〖オネイロスフリューゲル〗を構えた。

お互い、最早余力はほとんど残されていない。

俺は〖次元爪〗を放ちながら、リリクシーラへと接近した。

自分から攻めるわけではない。〖次元爪〗を使って間合いの外側から牽制を続けて、リリクシーラの攻め方を制限する狙いであった。

〖アパラージタ〗と〖神仙縮地〗持ちのリリクシーラ相手に、自在に攻められてはこちらが不利になるとわかったのだ。どうせ〖チャクラ覚醒〗で体力と魔力を失い続けているリリクシーラは、自分から攻撃に出ざるを得ない。

以前の俺なら、戦闘中にそんなところまで考えることはなかっただろう。せいぜい大まかな策をぶつけるだけだった。

だが、リリクシーラが理詰めの戦い方を徹底してくるため、俺も自分の戦闘中の動き方を考えなければとてもじゃないが対応できないのだ。

リリクシーラは〖神仙縮地〗で俺の〖次元爪〗を避けながら、俺の周囲を飛び回っていく。リリクシーラにとって一方的に攻撃されている今の状態は避けたいはずだが、迂闊に飛び込んで痛手を負えば、そこで勝負が決してしまうと考えているのだろう。

〖チャクラ覚醒〗で自分の魔力が尽きかけているはずなのに、相変わらず凄まじい精神力だ。この期に及んで、焦りで判断を曇らせることは全く期待できない。

視界端に、アルヒスが再び接近してきたのが見えた。

この刹那を競う場面で、アルヒスが入り込んでくるのはキツい。

俺も……次は、アルヒスを殺すつもりでいる。だが、きっと、どうしてもそこで思考が濁る。それが俺とリリクシーラの差になりかねない。

意識がほんの僅かそちらに逸れたその瞬間、リリクシーラが視界から消えた。〖神仙縮地〗で裏を掻かれたのだ。

俺は振り返りつつ横に飛び、〖オネイロスライゼム〗の一閃を放った。

リリクシーラはそれを光の刃で弾いた。続けて振り下ろされた二撃目を、俺は〖オネイロスフリューゲル〗を前に押し出して返した。

「随分と、勘が鋭くなりましたね」

『テメェのお陰でな！』

俺が会話に応じたその瞬間、リリクシーラが最速の動きで手を返し、剣をチャクラムへと変えて一直線に俺へと放ってきた。

少し驚かされたが、これくらいならば問題なく避けられる。リリクシーラは言葉で俺の気を引いたつもりだったのかもしれねぇが、むしろ彼女に強く意識が向いていた分、余裕を以て回避することができそうだった。

チャクラムの動きも、直線的で把握しやすい。

そこまで考えたところで、俺の丁度背後の座標に、アルヒスがいたことが頭を過ぎった。リリクシーラにしては妙に読みやすいチャクラムの動きといい、嫌な予感がした。

だが、俺はそのまま避けた。アルヒスに気を取られていてはリリクシーラには勝てない。アルヒスを殺すつもりで戦うと、そう決めたからだ。

それに……まさか、いくらリリクシーラでも、追い詰められたこの場面とはいえ、アルヒスを攻撃するわけがない。

きっと、さっきアルヒスを攻撃したのも、ただの偶然だったのだ。リリクシーラとて、四つ同時に放ち、かつ『神仙縮地』で軌道を出鱈目に書き換えるチャクラムの動きを、全て万全の状態で制御できているとは思えない。

「あら、案外冷たいのですね」

リリクシーラが嘲弄《ちようろう》するようにそう言った。

俺の背後で、アルヒスの乗っていたゼフィールの断末魔の叫びが響いた。

10

俺は尻目で背後を確認した。

まさか、そんなはずはないと。リリクシーラが利益のためなら笑って情を切れる、そういう冷血女なのは、今までの戦いで散々わかっていたつもりだった。だが、それでも側近にまでしていた部下を、ほとんど無意味に殺す様な真似をするわけがない。ここでアルヒスを本当に殺してしまっても、リリクシーラに得はないはずなのだ。

俺の視界の端に、胴体を『アパラージタ』のチャクラムで二つに分断された、血塗れのゼフィールが崖の底へと落下していくのが見えた。

アルヒスは、ゼフィールの上半身の陰にいた。彼女は血塗れでぐったりしている。俺はすぐ前方にリリクシーラがいるのも忘れて、アルヒスの無事を祈り、彼女へと見入った。

アルヒスは真っ赤に染まっているが、ゼフィールと違って身体が切断されているようなことはなかった。

『アパラージタ』のチャクラムが直撃したのは、ゼフィールだけだったのだ。あくまでもアルヒスは、その余波を受けただけだ。これならば、無事かもしれねぇ。まだ、きっと、助けられるかもしれねぇ。

だが、そんな考えはすぐに潰《つい》えた。

〖アルヒス・アテライト〗
種族：アース・ヒューマ
状態：死亡
Ｌｖ　：60/75
ＨＰ　：0/364
ＭＰ　：48/227

ステータスを確認すれば、アルヒスが既に死んでいるのがわかった。

アルヒスは魔物でいえば、せいぜいC級上位とB級下位の間、といったところだ。伝説級の魔物である『ホーリーナーガ』の『チャクラ覚醒』状態の『アパラージタ』なんて、余波を受けただけでも無事に済むわけがなかった。

距離を詰めてきたリリクシーラが、俺のすぐ前で光の刃を振り上げていた。自分の手で忠臣を殺したばかりだというのに、全くコイツの動きには迷いがない。

今、理解した。リリクシーラは今の攻撃で、別に俺にアルヒスを庇わせたかったわけでもなんでもないのだ。リリクシーラの狙いはもっとシンプルだった。単純に、少しでも俺の動揺を誘えないかと思ってチャクラムを放ったに違いない。

完全にリリクシーラはアルヒスを殺すつもりでやったのだ。今の一手で死ななければ、アルヒスが死ぬまで同じことを繰り返しただけだろう。

自分が不利になっていたからとはいえ……テメェは、そこまでやるのかよ。

避け損なった光の刃が、俺の腹部を抉った。もう後がないのに、この局面で浅くない一撃をもらっちまった。

俺は『自己再生』で急速に治癒を行い必死に意識を保ちながら、後続の光の刃を剣で受け止める。だが、一気に体勢を崩されたため、かなり厳しい形勢となっていた。

『オネイロスライザム』と『オネイロスフリューゲル』の破損もどんどん酷くなっていく。このまま じゃ隙を晒して殺される。

強引にでも形勢をリセットする必要がある。俺は力を振り絞って『オネイロスライザム』の一閃を放った。

リリクシーラは二本の『アパラージタ』を咄嗟に交差させる。それは光の盾へと形を変えて、俺の一撃を受け止めた。

刃と盾の押し合いになった。不意を打てればと考えたのだが、ここまで冷静に受けられるとは思っていなかった。

光の盾が俺の剣を押し退《の》け、ジリジリと前に出てくる。力勝負では、『チャクラ覚醒』状態のリリクシーラの方に分がありそうだった。

『何やってやがるんだよ！　テメェの、一番の部下だったんじゃねぇのかよ！　ちっとは大事に見てるんじゃねぇかと思ってたのに、あんな……！』

「フフ……いつも感情的であまり役に立たない子でしたが、最期に少しは機能してくれたようで何よりです」

俺の頭の中で、何かが切れかけた。だが、ギリギリのところで、激情で我を見失わず、踏みとどまることができた。

これまでのやり取りでわかったことがある。リリクシーラは、ちょっとでも俺を乱せそうな言葉を、機械的に吐き出しているだけなのだ。

恐らく、言葉によって得られる結果以外に関心がないのだろう。こいつがどんな言葉を吐いたとしても、そんなもんに感情を左右される価値なんてない。本音かどうかさえわからない。こんな言葉に、感情を向ける意味なんて何もない。

俺は熱くなる脳に、必死にそう言い聞かせる。今は、この戦いに勝つことだけを考えろ。

アルヒスはもう死んだのだ。彼女のことを考えるのは、この戦いが終わってからでいい。そして……リリクシーラの妄言に頭を悩ませる機会なんざ、永遠に必要ねぇ。

押し合いの最中、リリクシーラの力が僅かに緩んだ。やはり、もうリリクシーラにはまともに【チャクラ覚醒】状態を維持する余力がないのだ。

「グゥォオオオオオオオオオオッ！」

俺は咆哮を上げながら、剣を振ることに全力を注いだ。

「ぐっ！」

リリクシーラの身体を後方に弾き、相手の体勢を崩すことに成功した。思い返せば、リリクシーラの攻撃の勢い自体、かなり急落している。

〖チャクラ覚醒〗を発動した当初の勢いであれば、これだけ不利に陥った時点で俺は既に殺されていただろう。

リリクシーラもすぐそこまで限界が来ている。俺が苦しいのと同じ程度には、リリクシーラも苦しいはずだ。俺と違うのは、リリクシーラはそれを隠すのが上手いというだけだ。

この隙を突いて仕掛ける！

俺は気力を振り絞って前に出る。剣を下から振り上げ、リリクシーラの身体の蛇の下半身から、逆側の肩へと抜けるように斬りつけた。

リリクシーラは咄嗟に胸部を光の刃で守る。しかし、防ぎきれなかった彼女の肩と腰を斬ることができた。左の上の腕の肉が削げ、骨が露出した。

続けて剣を横に振るう。今度は先ほどの光の盾でしっかりとガードされた。

攻勢を取れた今、できればこのままリリクシーラを倒し切ってしまいたい。

『〖グラビティ〗！』

「〖グラビティ〗！」

俺が強引にリリクシーラを崩すために〘グラビティ〙を放ったとき、同時にリリクシーラも〘グラビティ〙を使っていた。

円状に展開された黒い光の中、互いの高度が大きく下がる。

俺は必死に剣を振るった。肉を斬った感触があった。俺の刃が、どうにかリリクシーラの身体を捉えたようだった。

俺は続けて剣を前へと突き出し、リリクシーラの身体を貫いた。

だが、その直後、俺の身体に激痛が走った。視界が明滅し、後方へと弾き飛ばされた。胸部を熱された金属塊で殴打されたかのような、そんな感覚だった。

オネイロスの鱗が溶けるのを感じる。崖壁に背を叩きつけられた。

血塗れのリリクシーラが、光の大鎚《おおづち》を手にしていた。〘グラビティ〙による落下の中で、お互い守りが薄くなると判断して〘アパラージタ〙の剣と盾を合わせ、光の大鎚へと変化させて重い一撃を狙ったようだった。

俺のＨＰが……もう、尽きかけている。このままリリクシーラと接触すれば、軽い一撃でも死に直結する。

回復しようとして、最早その魔力も残っていないことに気が付いた。

「……ようやく、貴方の膨大な魔力が底を突きかけているようですね。すぐに、終わりにして差し上げましょう」

リリクシーラは俺を睨み、口許を歪めて笑みを浮かべていた。

その顔には余裕の色はない。ただ、リリクシーラは自身の狙い通り、俺の方がダメージが大きかったことに安堵しているようだった。

俺は尻目で、アルヒスが消えていった崖底の方を確認した。

『リリクシーラ……テメェは、生きてちゃいけねぇ奴だ』

リリクシーラは光の大鎚をまた四つの光の刃へと変え、長い身体を自在に操って崖狭間を飛び回り、俺へと距離を詰めてくる。

俺は破損し掛かった〖オネイロスライゼム〗と、〖オネイロスフリューゲル〗を掲げる。

〖アイディアルウェポン〗で修復したいところだが、そこに最後のＭＰを使い切るわけにはいかない。武器がある以上、これは使い回すべきだ。

俺とリリクシーラは、互いに残りＭＰは僅かしかない。どのスキルを使うかが勝敗に直結しかねない状況であった。

〖闇払う一閃〗は、剣が遅くなる。耐性無視で大ダメージは狙えるが、リリクシーラ相手に当たるとは思えねぇし、そこまで相性がいいわけでもねぇ。

〖次元爪〗は決定打には使えねぇが、牽制としては優秀だ。威力を抑えて、避けさせることを前提の技として使えば、まだ何発か撃てるはずだ。

〖グラビティ〗の移動制限も悪くはねぇ。だが、恐らく、さっきみてぇに向こうも同じスキルをぶっ放して対抗してくるだろう。そうなった場合、先ほど同様にお互い大振りをかまし合う展開になるはずだ。

『ヘルゲート』は、当てられる状況さえあれば、今のリリクシーラを殺しきれるだろう。だが、その当てられる機会を作るのが困難であるし、何よりＭＰ残量的に使えない。

『ワームホール』は使い方次第といったところか。今からこのスキルを活かせる状況は正直思いつかねぇが、頭の片隅に選択して置いておけば、意外な盤面で活躍してくれることもあるかもしれねぇ。今のリリクシーラ相手ならば、大味な策でも通せる見込みはある。

……一番狙いてぇのは『ミラージュ』の幻覚だ。この大剣……『オネイロスライゼム』には、ある能力がある。


【『オネイロスライゼム』：価値Ｌ（伝説級）】

【『攻撃力：＋２４０』】

【青紫に仄かに輝く大剣。】

【夢の世界を司るとされる『夢幻竜』の牙を用いて造られた。】

【この刃に斬られたのは、現実と虚構が曖昧になり、やがては夢の世界に導かれるという。】

【斬りつけた相手の『幻影耐性』を一時的に減少させる。】


そう、斬りつけた相手に、一時的な『幻影耐性』の減少を付与できるのだ。リリクシーラには何度も『オネイロスライゼム』の刃を通している。

問題は、幻覚で何を見せるか、である。あまり大規模なものはすぐに見破られる。『ミラージュ』で見せる幻覚は当然現実に反している。偽の情報は、違和感として現れる。それを見逃してくれるような甘い相手じゃねぇ。

その上、リリクシーラは読み合いのプロだ。当然『オネイロスライゼム』の効果も確かめているだろう。

細かい部分で一点勝負をして騙しに掛かっても、それを読まれれば『ミラージュ』は破られる。それに、細かい幻覚で大きな隙を狙える場面は、かなり限定されてくる。リリクシーラ相手に、そんな不利な読み合いをするのは悪手なのではなかろうか。

俺に、本当にリリクシーラを出し抜けるのか……？

『ミラージュ』は避けるべきか？　『次元爪』で牽制するか、『グラビティ』合戦の運勝負に持ち込むか？

リリクシーラが四つの刃を振るって迫ってくる。

俺は……覚悟を決めた。『ミラージュ』で勝負する。

……俺の幻覚は『ミラージュ』だけじゃねぇ。もう一つの方はあまり当てにはしていねぇが、二つ連続で仕掛ければ、両方を見破るのは難しくなるはずだ。片方に警戒が向けば、もう片方への警戒がどうしたって薄くなるはずだ。

半ば運頼みになっちまうが、絶対に勝てる作戦なんてねぇ。んなもんがあったら、端《はな》から俺もリリクシーラもここまで苦労なんてしていない。

俺は光の刃の一打目を大盾で受け流し、大剣で反撃してリリクシーラの腹部を斬りつけた。リリクシーラの口から大量の血が垂れる。

『ミラージュ』を狙いやすくするために、強引にでもダメージを稼いでいく。

「安易ですね」

二振りの刃が、俺を襲う。左右から同時に袈裟斬りを受けた。

守りを疎かにして、攻めに出過ぎたか……！　だが、リリクシーラもここまで攻撃に転じてくるとは思わなかった。

これまでリリクシーラは、全く焦れる様子を見せずに、徹底して安全にダメージを稼ぐ戦い方に出てきていた。そういう意味では、今の反撃はリリクシーラらしくない攻撃だった。

さすがのリリクシーラも、勝負を急いでいるのか？　俺の思っている以上に、リリクシーラの限界は近いのかもしれない。

だが、これなら、こっちからもお返ししてやれる。

「**グゥオオオオオッ！**」

俺は咆哮を上げながら大剣の一撃を振るった。リリクシーラは俺の下を潜り抜けるように回避しようとしたが、それでも胸部にまともに攻撃を受けていた。

彼女の腕が一本、構えた光の刃ごと崖底の奈落へと落ちていく。リリクシーラは大怪我を負いながらも、俺の横を駆け抜けて更に光の刃の一閃を放った。

自身の血が宙に舞う。掠れる意識を、俺は必死に保つ。

大丈夫だ、まだＨＰは残っている。リリクシーラもうギリギリだ。ここを堪《こら》えて、『ミラージュ』で決定打を叩き込む！

リリクシーラは宙で素早く旋回し、俺へと迫ってくる。

『チャクラ覚醒』の消耗ＨＰが激しくて余裕がないのかもしれねぇ。序盤に比べて、明らかに攻め重視の戦い方になっている。

俺に考える時間を与えねぇためか？　もしかして……敢えて大雑把に攻撃に出て反撃を受け、『オネイロスライゼム』の『幻影耐性』減少効果を狙っている？

通常ならば、そんな行動に意味はない。だが、今の状況ならば、『ミラージュ』を凌いで俺のＭＰを空にして仕留める自信があるのなら、リリクシーラならばやりかねない。

本当に『ミラージュ』でいいのか？

いや、迷うんじゃねぇ。リリクシーラだって余裕がねぇはずなんだ。警戒するのは重要だ。だが、相手に怯えて必要以上に選択肢を減らせば、それが結局命取りにもなりかねない。全部が全部、掌《てのひら》の上だなんて、そんなわけがない。

この斬り合いで勝敗がつく。今更迷うんじゃねぇ！

俺は『ミラージュ』のスキルを使った。

跳び掛かってくるリリクシーラに対して、俺の手許を『ミラージュ』の幻覚によって誤魔化した。これで大剣の斬撃が、現実よりも先行しているかのように錯覚させる。引っ掛けられるのなら、これだけで充分なはずだった。動きが止まったリリクシーラを大剣でぶった斬ってやれる。

リリクシーラの目は、全く大剣の幻影に向けられていなかった。『ミラージュ』の幻覚が読まれたのだと、俺はすぐにそう理解した。

使い方が安易すぎたのか、それともタイミングか。しかし、他に小規模で効果的な使い方とタイミングを、俺は思いつかなかったのだ。

やはり『ミラージュ』は避けるべきだったのか。使い方とタイミングが限定された時点で、幻覚のフェイクはその価値を大きく下げる。

正面からの斬り合いでは、手数の勝るリリクシーラが優勢になる。そして現状、俺の方が残りのＨＰが厳しい。ＭＰに至ってはほとんど底を突いている。

いや、俺はまだ終わっていない。まだ、もう一つの、最後の幻覚が残っている。俺は『オネイロスフリューゲル』を掲げた。

【『オネイロスフリューゲル』：価値Ｌ（伝説級）】
【『防御力：３０００』】
【青紫に仄かに輝く大盾。】

【夢の世界を司るとされる『夢幻竜』の翼を用いて造られた。】

【人の世界と神の世界を隔てる扉として用いられているとされている。】

【生半可な攻撃を通さないことは無論のこと、近付こうとする者は幻影に惑わされるという。】


〖オネイロスフリューゲル〗の幻覚効果に賭ける！

〖オネイロスフリューゲル〗による幻覚のタイミングや見せる物は、完全に俺の意思とは無関係で発動する。自分の意思で制御できないのは基本的に弱点となりかねないが、この極限の場面では強みにもなるはずだ。

俺の意思で見せた幻覚の直後に、〖オネイロスフリューゲル〗による自動発動の幻覚が来るのだ。さすがのリリクシーラでも、勘が狂うはずであった。それに読み合いに強いリリクシーラとて、〖オネイロスフリューゲル〗の幻覚を凌げるかどうかはまた別問題になるからだ。

「う、嘘……こんな……」

リリクシーラが目を見張り、三本の光の刃を僅かに下げた。

これまで見たことのない表情だった。戦いのときの無機質な顔とも、最北の島で見た取り繕った顔とも違う。

もしかしたら、初めて見たリリクシーラの素の表情だったのかもしれない。瞳に、微かに涙が滲んでいるかのように見えた。

俺は〖オネイロスフリューゲル〗をリリクシーラへとぶん投げた。リリクシーラはすぐに刃を構え直して、〖オネイロスフリューゲル〗を両断する。

その間に、俺はリリクシーラとの距離を詰めていた。

俺は〖オネイロスライゼム〗の刃を大振りで放った。

手応えがあった。リリクシーラの翼が、動きを止めた。彼女の手から、三本の光の刃が崖底へと落ちていく。

これは、演技じゃねぇだろう。今〖アパラージタ〗の武器を完全に手放せば、再び出せるMPはもう残っていないはずだ。

経験値取得のメッセージこそまだ出なかったが、リリクシーラの身体が力なく崖底へと急落していった。

11

リリクシーラが崖底へと消えていく。

少しの間……俺は〖オネイロスライゼム〗を手に、ただその場に滞空してリリクシーラの姿を眺めていた。傷があまりに酷過ぎて、意識が朦朧《もうろう》としていたせいだろう。

俺は〖オネイロスライゼム〗を手から離す。俺の手を離れて落下していく大剣が、空中で光になって消えていった。

それから〖竜の鏡〗を解除して、武器を持つために腕の形状にしていた前脚を元に戻した。

崖底から大きな音が聞こえてきた。リリクシーラが落ちた音だろう。それを聞いた俺は、ようやくはっとした。

万が一でも、ここまで来てアイツを取り逃がすわけにはいかねぇ。相方の仇《かたき》を取って、俺は平穏を取り戻すんだ。

【神聖スキル〖餓鬼道：Lv--〗を得ました。】

【神聖スキル〖畜生道：Lv--〗を得ました。】

頭にメッセージが響いてくる。〖餓鬼道〗が聖女の神聖スキルで、〖畜生道〗が魔獣王の神聖スキルだった。

現状確認できている全ての神聖スキルがこれで俺の許に渡ったことになる。それが何を意味しているのかは、俺にはさっぱりわからねぇが。

このメッセージが来たということは……俺の勝利が確定した、ということか？

以前、神の声の奴から聞かされたことによれば、神聖スキルの継承が起きるのは、ラプラスが死の確定を判断したときだけだという。

事実、勇者イルシアは継承の直後にアドフに殺されて死んだ。魔王スライムは部下のサーマルに連れられて逃走したが、あの時点ですぐに死ぬことが確定していた、ともいえる。

あのスライムはレベル上限の引き下げを利用した進化で〖ルイン〗になり、必ず死に至る状態異常『崩神』を抱えることになったからだ。

ただ、スライムの例があるからこそ、神聖スキルの継承終了後に、リリクシーラが何かをやらかす可能性がある。

神の声の言うことだって信用ならねぇ。そもそもラプラス自体、神の声が使っている何かの力、ということ以外さっぱりわかっちゃいねぇ。

【特性スキル『神の声』のLvが7から8へと上がりました。】

【称号スキル『ラプラス干渉権限』のLvが4から7へと上がりました。】

続けて頭にメッセージが響いてくる。

……一気に妙なもんのレベルが上がっちまった。変なことに巻き込まれる前兆じゃなければいいんだけどな。

俺は自動回復で戻った魔力を『ハイレスト』に当てて回復しつつ、崖の底へと向かった。

経験値取得はまだ来ていない。リリクシーラの奴と、完全な決着をつけなければならない。この戦いは、殺すか、殺されるかまで終わらないところまで来てしまっている。

相方……やっと、お前の仇が討てるよ。

崖底に降り立った。〖気配感知〗で、すぐにリリクシーラを見つけることができた。

リリクシーラは血塗れで崖底に落下していた。仰向けになっており、身体は歪に曲がっている。

顔には明らかに生気がない。

　俺が斬った腹の部分は傷がまだ癒えておらず、身体が千切れかかっていた。

　加えて、彼女の全身が黒ずんでいる。恐らく神聖スキルを失ったためだろう。進化やスライムの件を思うに、恐らく神聖スキルには生物を上位の存在へと進化させ、またその姿や状態を維持する力があるのだ。

　……そして、神聖スキルを失ったときに、魔物はその身体を維持できなくなる。

　勇者イルシアは最大レベルが大幅に減少した。魔王スライムは劣化体となってステータスが大幅に減少し、強引に進化を重ねて【崩神】の状態異常に掛かることになった。

『……さすがのお前も、もうこうなっちまったら何もできそうにねぇな』

　俺はリリクシーラへと声を掛ける。リリクシーラは瞳だけをこちらに向けた後、崖狭間の奥の空へと目をやった。

「……ああ、そうですか。私は、負けたのですね」

　どこか他人事《ひとごと》のようにリリクシーラはそう零した。或いは、感情を表に出すだけの気力ももう残っちゃいないのかもしれなかった。それくらい憔悴した様子だった。

「盾のことは、わかっていたのに……あんな子供騙しに引っ掛かるなんて。貴方が使用者だったので、少し油断していたのかもしれませんね」

『……何が見えた？』

　すぐ殺すつもりだった。だというのに、俺はリリクシーラを殺すために掲げた前脚を持て余すように前に突き出したまま、自然に彼女と問答を行っていた。

勝敗がついたことが明らかだからだろうか。あれほど憎んでいたはずのリリクシーラの命を前に、不思議と俺は冷静だった。

戦いの規模が大きくなり過ぎていたせいで、俺はリリクシーラではなく、自分の中で積み上げてきたリリクシーラの幻影を恨んでいたのかもしれねぇ。

元より俺は、リリクシーラの目的も何も知らないまま、突然裏切られ、流されるがままに対立していたのだ。

リリクシーラは少し迷うように沈黙した後、小さく口を開いた。

「あの子を、二度も殺すことになるとは思っていませんでした」

その言葉を聞いて、俺は察した。

『オネイロスフリューゲル』は、リリクシーラにアルヒスの幻影を見せたのだ。

リリクシーラが何を見れば思わず剣を下げるのか、あのときはさっぱりわからなかった。……だが、アルヒスならば納得がいく。

序盤では徹底して堅実に動いていたリリクシーラが、終盤では段々と粗い行動が目立ってきた。

『チャクラ覚醒』によるHPとMPの持続的な減少によるタイムリミットのために攻めざるを得なくなっていたのだろうとあのときは考えていたが、それだけでは説明がつかない。

最後の最後では、リリクシーラは敢えて隙を晒すことで何か狙っているのではないかと、俺が邪推しちまったくらいだ。

今思えば、アルヒスが出てきてから、明らかにリリクシーラは崩れていた。彼女を自分で殺してからはそれが更に顕著になっていた。

アレがなければ、病的に堅実な戦い方を徹底していたリリクシーラに、あれだけ攻撃を通すことはできなかったかもしれない。

『んな大事だったなら、ここに連れてこなけりゃよかったじゃねぇか！　よりによって、なんであんな……』

「彼女は優秀な人間で、何より聖騎士です。彼女自身が、そう生きることを望んでいました。このようなことになることも、覚悟していたはずです」

『だからって……！』

「これまで万の犠牲を築いてきた私が、親友は特別だから犠牲にしたくはないだのと、そんな身勝手な世迷言《よまいごと》を口にできるわけがないでしょう。命の重さに貴賤はないのですから」

俺はリリクシーラの言葉を聞いて、ただ茫然としていた。少しばかり時間を掛けてその言葉を脳で咀嚼《そしゃく》し、俺は掲げていた前脚をやや下げた。

『……そう、か』

そうして俺は、弱々しく相槌を返した。

少しの間、お互いに沈黙が続いた。

『なぜお前は、あんなことをやったんだ？　神聖スキルは、神の声は一体なんなんだ？』

俺はリリクシーラへ尋ねた。

最後に、それだけでも聞いておきたかった。この世界に、もう俺以上の魔物は残っていないはずだ。神の声が今後も俺に接触してくるのかどうか、それが知りたかった。今のリリクシーラならば教えてくれるかもしれない、そんな気がしたのだ。

『神の声が、邪神フォーレンなのか？』

邪神フォーレンは、エルディアが口にしていた、かつて世界を滅ぼそうとしたとされる謎の化物だ。エルディアはあの話を、魔王から聞いたと言っていた。かなり信憑性のある話だ。

「アレは恐らく、創世者の最後の一体です」

『創世者……？』

それはフォーレンの話に出てきた、六つの異界を合わせて今の世界を創ったという六大賢者のことなのだろうか。

「貴方が最後に残ったのですから、きっと嫌でも、アレは貴方に説明してくれるでしょう。もう、私から貴方に教えてあげられることはありません」

『もう……？』

「……元より、全てはアレに圧倒的に有利な世界なのですから」

『もしかして……お前、元々は本当に俺と協力するつもりだったのか？』

リリクシーラは世界の果ての島で出会ったとき、俺を地下聖堂の奥に招くつもりだ、と口にしていた。そこに俺の悩んでいる問題の答えがあるかもしれない、とも。

ただの釣り餌《え》にしては、妙に具体的だった。そして、恐らくそれは神の声絡みのことだ。

エルディアのいた遺跡に神の声を示唆することが刻まれていたように、世界の各地にそうした形跡が残っている、ということは充分に考えられる。

「そうできる場合もあった、というだけです。あのとき私は、既に貴方を裏切る方を主流に考えていました」

リリクシーラが寂し気にそう零した。

「……もう、いいでしょう。早く私を殺して、仲間の許へ向かった方がいいですよ。アルアネとハウグレーは、神聖スキルが絡まない中では間違いなく最強格の人間です。助けに行くのが遅くなれば、誰かが死にますよ」

俺はその言葉に息を呑んだ。わかっている。悠長に、敵の頭であるリリクシーラと話をしている場合じゃねぇんだ。

……だが、本当に、ここでリリクシーラを殺しちまっていいのか？

戦う前は、こんなことで悩むとは全く思っていなかった。それはきっと、誰かを失うかもしれねぇという恐怖と、相方を失った恨みで、リリクシーラ個人が何者かということが曇って見えなくなっていたからだ。

『……俺は、神の声と対立することになるのか？』

「対立はできません。アレは、間違いなく神と形容して差し支えのない存在です。私達とは次元が違います。過去に神殺しを目論んだ神聖スキルの持ち主は何人もいます。ですが、アレ自身が、全く自身の命が狙われることを恐れていません」

リリクシーラは一切の迷いなく、そう断言した。神の声を倒せるはずだと信じていた、勇者ミーアとは正反対の答えであった。

「貴方は……アレと渡り合わなければならない。それはきっと、優しい貴方には、酷な戦いになるでしょう」

神の声と、渡り合う……？

だが、リリクシーラ自身が先程対立はできないと口にしたばかりだ。俺は少し考え、リリクシーラに前脚を差し出した。

「何を……」

『……リリクシーラ、俺の仲間になれ。俺はあいつについて、何も知らねぇんだ。それに、俺なんかの頭じゃ、神の声と渡り合うことなんざできねぇ』

リリクシーラは驚いたように小さく口を開けた。それから少し目を細めて、年相応の少女らしく、くすりと笑った。

「今更、そんなことはできませんよ。私には、責任を取らねばならないことが多すぎる。それに、私の知っている程度のことなら、すぐに貴方も知ることになるでしょう。貴方の頭は、悪くなんてありません。私もこの戦いで、何度意表を突かれたことか」

『だが……！』

「……わかりました。説得ならば、また後で聞いてあげましょう。さっきも言いましたが、貴方には時間がないはずです」

……そう、今こうしている間にも、まだアロ達が戦っているかもしれねぇんだ。早く助けに行かねぇといけない。

しかし、ここでリリクシーラを殺すわけにもいかねぇし、だからといって生かしたまま放置しておけば、また逃げだして何かを企てるかもしれねぇ。結局リリクシーラについては、何もわかっていねぇままなんだ。

「……我儘《わがまま》を聞いてもらえませんか？」

『何だ？』

「アルヒスを、私の傍《そば》に連れてきてください」

俺は無言で頷いた。

薄暗い崖底だが、落ちていった場所の見当はついている。それに、ゼフィールと一緒だったはずだ。俺ならばすぐに見つけられる。

俺は飛び、ゼフィールの死体を捜した。やはり、時間は掛からなかった。落下して潰れたゼフィールの上で、奇跡的にアルヒスの死体は綺麗なままで残っていた。

俺はアルヒスを丁寧に掴み、すぐさまリリクシーラの許へと戻った。そして、倒れたままのリリクシーラの傍へと寝かしてやった。

リリクシーラはアルヒスへと目をやった。彼女の瞳から、涙が零れた。

「……ごめんなさい、アルヒス」

リリクシーラはそう零し、アルヒスの頬へと手を当てた。このリリクシーラの言葉は、俺は嘘だとは思いたくなかった。

『……馬鹿なことかもしれねぇが、もう一度だけ、俺はお前を信じる。お前を生かしたまま、戦いを止めてくる。だから、絶対にそこを動くんじゃねぇぞ』

俺が戦いを止めてアロ達を集めてからここに戻ってくるまでに、きっとリリクシーラの体力は自動回復である程度までは回復するはずだ。逃げようと思えば、この地から逃げられるくらいにはなっちまうだろう。

もうリリクシーラの手に神聖スキルはない。この世界にリリクシーラの使える、俺に対抗できる戦力自体残っていないはずだ。

だが、それでも、本当はこんな真似をするべきではないのだろう。これで裏切られたら、アロ達と、そして相方に、申し訳が立たねぇ。

「貴方は、本当にお人好しですね。アルヒスは、少しだけ貴方に似ていました」

リリクシーラはそう呟き、微かに俺の方へと顔を傾けた。

「……全てをアレの思い通りにはさせないでください。アレにとっても、貴方は価値を持った存在になりました。貴方を無意味に殺す様な真似はできないはずです」

俺はリリクシーラを振り返り、小さく頷いた。意味は今一つわからなかったが、リリクシーラが今伝えたということは、きっと重要なことなんだろう。

それからリリクシーラへと背を向け、崖底を蹴って宙へと飛んだ。だが、崖の上に出たとき、崖底からリリクシーラの魔力を感じた。

嘘だろ……あいつ、この期に及んで、また俺を欺きやがったのか！

俺は大慌てでまた崖へと飛び込もうとした。だが、そのとき、崖の底の方から、黒い光がぼんやりと見えた。

恐らくこれはリリクシーラのスキル、『グラビリオン』だ。エルディアを一度瀕死に追い込んだ、重力魔法の最上級スキルだ。黒い光の多面体で敵を包み込み、そのまま一気に圧迫して相手を押し潰すことができる。

いったい、何を……！

ぐしゃりと、肉の潰れる嫌な音が響いた気がした。

【経験値を59250得ました。】

【称号スキル『歩く卵Lv：--』の効果により、更に経験値を59250得ました。】

【〖オネイロス〗のＬｖが１０９から１２４へと上がりました。】

俺は崖底を眺めて滞空したまま、その場に少し留まっていた。だが、すぐに背を向け、アロ達を捜しに向かうことにした。

『……リリクシーラ……お前は、また俺を欺いたのか』

俺は一人、もう向ける相手のいなくなった〖念話〗を飛ばした。当然、何かが返ってくることはなかった。

第３話　神の声との対話

1

リリクシーラとの戦いを終えた俺は、とにかく我武者羅《がむしゃら》に霧の大地を飛び回った。アトラナートの蜘蛛の編みぐるみも、リリクシーラとの交戦の最中にとっくに剥がれちまっていた。まだアトラナートが生きてくれているのかどうかもわからねぇ状態だ。

誰が心配かと言えば、全員心配だ。誰を優先すればいいのかもわからねぇ。皆、敵方の危険人物であるアルアネかハウグレーに絡んでいる。

「キシ、キシッ！」

黒蜥蜴の鳴き声が聞こえてきた。声を頼りに向かえば、黒蜥蜴が翼を広げて飛んでいるのが視界に入った。

黒蜥蜴も仲間を捜し回ってくれていたようだ。俺と目が合うと、顔をぱっと輝かせて一目散に飛びついてきた。

「キシィッ！」

『無事でよかったぜ、黒蜥蜴！』

俺は黒蜥蜴を胸で受け止め、そっと頭を撫でた。黒蜥蜴はすりすりと頭部を俺の前脚へと擦り付けてくる。

『他の奴らの場所はわかるか？』

俺が尋ねると、黒蜥蜴はこくりと頷いて俺の前脚から抜け、地上へと向かっていく。俺は黒蜥蜴の後を追った。

黒蜥蜴に連れられて、奇妙な場所へと辿り着いた。森の中だというのに、そこだけ全く木が生えていないのだ。変な場所だと目を凝らしてみれば、周辺に切り株や木の残骸のようなものが散らばっているのがわかった。

木だけではない。大地も、無数の鋭い剣撃によって刻まれている。凄惨《せいさん》な戦いがあったことは明らかだった。

そしてその剣傷に覆われた地の中央に、血塗れのヴォルクが座り込んでいた。すぐ近くにはマギアタイト爺の姿もあった。

ヴォルクの前方には、身体に大きな穴を開けた、小柄な老人が横たわっていた。『悪食家』ことハウグレーだ。

老人が死んでいるのは明らかだった。

俺はヴォルクとマギアタイト爺の隣へと降り立った。

「イルシア！　無事であったのだな」

ヴォルクが立ち上がった。

『ヨクゾ戻ッタ！　アノ聖女トノ決着ハ終エタノカ？』

マギアタイト爺の言葉に俺は頷いた。

リリクシーラの最期を思えば複雑であったし、神の声絡みでも、まだまだ不安が残っている。だが、今は無事に再会できたことを素直に喜ぶべきだろう。

『ヴォルクにマギアタイト爺！　よかったぜ、二人とも生きていてくれて。無事にハウグレーに勝てたんだな！』

俺は斬撃だらけの周囲を見回す。

ただ剣士二人の戦いでこうなったのだと、とても信じられなかった。千の兵が斬り合いを行った戦場でも、こうはならないのではなかろうか。

『この周囲は戦闘の余波……なのか？』

ヴォルクは俺の言葉を聞いて、周囲を見回した。それからゆっくりと目前の老人の死体へと顔を向け、目を細めた。

「……我ではない。全て、ハウグレーがやったことだ」

『よ、よく勝てたな、本当に』

ハウグレーは本当に出鱈目な男だった。

俺も『オネイロス』に進化して、かなり強くなったという自負があった。今更レベルでは格下の人間相手に、あそこまで一方的に翻弄されることになるとは思っていなかった。俺は未だに、あのハウグレーの異様な強さの正体が全く摑めないでいる。

「アニス・ハウグレー……伝説とは誇張されるのが常だが、奴に限っては、聞いていた以上に恐ろしい男であった。事実を伝えられても、聞いた人間がそれを信じられなかったのであろうな。奴には、明らかに常人には見えない何かが見えていたようだった」

ヴォルクにここまで言わせるほどだったのか。俺は唾を呑み込んだ。

「……それに、こいつは気になることを口にしていた。お前は神の声とやらに目を付けられていると、そう言っていたな？　どうやらリリクシーラは、その神の声について、何かよくない情報を摑んでいたのかもしれん。ハウグレーにも、多少そのことを漏らしていたようだ」

『ハウグレーが……？　何を言っていたんだ？』

「具体的なことは何も喋らなかった。だが、リリクシーラは神の声とやらの、何かを阻止しようとしていたのかもしれん」

……やっぱし、そうだったのか。

リリクシーラは、神の声と渡り合えと口にしていた。神の声にとっても俺は価値があるのだから、絶対に全てを奴の思う通りにはするなと、そうも言っていた。

　今までのことを鑑みるに、神の声は何らかの目的のために神聖スキル持ちの存在を造り、競わせ、育てているとしか思えない。リリクシーラの渡り合えというのは、その神の声の目的の手助けを極力するな、ということなのかもしれない。

　……それにしても、魔王スライムを倒したときにはあれだけ口煩く干渉してきた神の声が、今に限って全くないのが不気味すぎる。

　これで俺には勇者イルシアの『人間道』、魔王スライムの『修羅道』、魔獣王ベルゼバブの『畜生道』、聖女リリクシーラの『餓鬼道』の四つが揃ったことになる。

　神聖スキルが六道に沿っているのであれば、あと二つ『天道』と『地獄道』があるはずだ。だが、この二つの話は全く聞いたことがない。

　四つ揃えた時点で、神の声が何らかのアクションを見せてくるものだと思っていた。リリクシーラもそう考えていたようだった。来ないなら来ないで一生俺に関わらねぇでほしいもんだが、きっとそういうわけにはいかねぇだろう。

　……いや、考え事は後だ。今はとにかく、アロやトレント、アトラナートを捜すことが先だ。アルアネがまだ生きているかもしれねぇし、戦いで重傷を負っているかもしれねぇ。

『ヴォルク、マギアタイト爺、黒蜥蜴、俺の背に乗ってくれ。まだ、アロ達の安否を確認できていねぇんだ。すぐにあいつらを捜そうと思う』

「わかった」

ヴォルクが頷いた。

俺はヴォルク達を背に乗せ、再び空を飛んだ。しばらく飛んでいると、ヴォルクが俺の背を軽く叩いた。

「……イルシアよ、あれではないのか？」

『ん？　あれって、どれのこと……』

言われて首を振ると、遠くに、不自然な巨大な木が直立しているのが見えた。幹がくるりと回ると、お馴染みの目と鼻が見えた。

……つうか、トレントだった。

トレントの巨体がぴょんぴょんと跳ねる。距離が開きすぎていて【念話】が届かないが、『主殿～！』と騒いでいるのが容易に想像がつく。

「キシィ……」

黒蜥蜴が呆れたような声で鳴いた。そりゃ黒蜥蜴もびっくりするよな……。

『な、何やってんだトレントさん』

……アレじゃ、この地の魔物やリリクシーラの残兵から攻撃されちまうぞ。

だが、安心した。あの様子だと、きっとアトラナートの奪還は成功したのだ。同行していたアロも無事に違いない。

トレントは、仲間が死んであんな燥《はしゃ》ぎ方ができる奴じゃねぇ。

「……おい、急ぐぞイルシア」

ヴォルクが真剣な声でそう呟いた。

『えっ……』

俺はもう一度トレントへと目を向ける。トレントを目指して、五体のフェンリルが突進している
のが見えた。

『や、やっぱりじゃねぇか！』

俺は身体に鞭打って、飛行速度を跳ね上げた。

フェンリルに目を付けられていることに気が付いたトレントが、懸命に根っこの足を持ち上げ、
迫りくるフェンリルの群れから逃げる。

『何故、何故こんなことに……！』

……それはトレントさんが、ＨＰもギリギリなのに危険な地のど真ん中で、大型サイズになって
ぴょんぴょん飛び跳ねてたからだぞ。

俺はトレントと、フェンリルの群れの間に降り立った。

『主殿……！』

トレントがぴんと幹を伸ばし、感動したように左右に巨体を揺らした。俺は前脚を振るい、爪で
地面に大きな傷跡をつけた。

『どうする、フェンリル？　俺は今疲れているんだが……どうしてもやるってんなら、相手になっ

てやるぜ？』

俺が睨むと、フェンリルはびくりと身体を震えさせ、各々に別の方角へと消えていった。

俺は溜息を吐いた。やってやれねぇことはないだろうが、向こうから去ってくれて助かった。今のＨＰとＭＰでは余計な戦いをしたくねぇ。

『主殿ォッ！　よくぞ、よくぞ、御無事で！』

トレントがどたどたと駆けてきた。

『……とりあえず木霊《こだま》状態になってもらっていいか？』

『あ……はい』

俺の言葉を受けて、トレントが【木霊化】を使ってどんどんと小さくなっていった。ちょこんと緑のペンギンお化けが現れる。うむ、これで余計な魔物を引き付けずに済む。

『アロ達は……』

俺が言いかけたとき、近くの土壁の狭間からアロが顔を覗かせていた。俺と目が合うと、アロが顔を輝かせる。

「りゅっ、竜神さま！　アトラナート！　竜神さま！　竜神さまが戻ってきた！」

アロに続いて、アトラナートが姿を現す。

『ア、アトラナート！』

トレントの様子から無事なのは察していたが、実際に自分の目で見て確認すると凄く気持ちが楽になった。

　よかった……こうして全員、誰か一体でも欠けることなく全員揃うことができた。

「リリクシーラ、殺セタノカ？」

　アトラナートが声を掛けてくる。俺はゆっくりと頷いた。

『ああ……そうだ、殺した』

　俺の様子に何かを察したのか、アトラナートが顔を伏せた。

「……ソウカ」

「竜神さま……あの、神の声は、何か？」

　アロが俺の前脚に手を触れて体重を預け、俺を見上げる。不安そうな顔をしていた。俺は静かに首を振った。

『俺も何か言ってくるかと思ったんだが、まるで連絡がねぇんだ』

　あいつにとって、予想外だったことでも起こっているのだろうか。あれからたったの一言もねぇのはやっぱり妙だ。

『山の方に行くか。ウムカヒメの奴にも、現状を連絡しておいた方がいいだろう』

「奴に会うのか？　リリクシーラとの戦いで力を貸してくれるならありがたかったが、今更奴と接触する利点がお前にあるのか？」

　ヴォルクが俺へと尋ねてきた。

「あれは、お前の言うところの神の声とやらと戦いたいと口にしていたな。今あの魔物と接触すれば、確実に神の声とやらを敵に回すことになるのであろう？」

『それはそうなんだが……神の声は、どうにも俺に関心があるらしい。どの道、一生神の声と関わらないでいよう、なんてことは不可能みてぇなんだ。だったら、ウムカヒメの知識と力を貸してもらった方がいいんじゃねえかなと俺は考えている』

「そうか……。まぁ、あの魔物一体であれば、最悪の場合でも、お前ならば負けはせんだろうからな。万が一互いに都合が悪くなって敵対したとしても、そこまで痛手にはなるまい」

……ウムカヒメと敵対、か。それは最悪、ウムカヒメを殺すことになるかもしれない、ということでもある。

ヴォルクに指摘されるまで、考えもしなかった。

だが、ウムカヒメと利害が不一致になる可能性はないわけじゃあねぇ。その際にウムカヒメが過激な手段を取ってくることは充分に考えられる。

リリクシーラは次元が違うから絶対に敵わないと言っていた。しかし、ウムカヒメは神の声を殺すつもりでいるようだった。

ウムカヒメのかつての主である勇者ミーアも、石碑では『神の声を殺すことは不可能ではないはずだ』と刻んでいた。

だが、正直俺には、ミーアが恨みを募らせて無謀な戦いを挑んだようにしか思えない。本当に勝機などあったのだろうか。

ミーアと、彼女の想いを継いだウムカヒメの決意は、相当なもののようだった。神の声と戦うことは避けたいと俺達が逃げ腰になれば、その時点でウムカヒメから大きな反感を買うことに繋がるかもしれない。

2

俺達は一旦、休息を取ることにした。このままウムカヒメの許へと向かい、今の疲弊した状態のままで万が一にでも交戦になれば、厄介なことになる。

なるべくなら戦いたい相手ではない。だが、ウムカヒメと戦いになる可能性がある以上、それを想定して動かなければならない。それに、ウムカヒメと接触したことがトリガーとなって、神の声が俺達に何らかの干渉を始めてくる可能性もあった。

俺はアロと黒蜥蜴と戯れ、トレントと共に日向ぼっこをした。その後、アロと海沿いを歩いていると蜘蛛の糸で釣りを楽しんでいるアトラナートを見つけたので、竿を作って三人で並んで釣りを行うことにした。

夕方になって、俺は滝の洞窟前に戻った。ヴォルクから、剣の模擬戦を少しやってみないか、と誘われた。

『人化の術』を使えばできないことはない。どうやらヴォルクは俺の理想の武器を生み出すスキル、『アイディアルウェポン』が随分と気になっているようだった。

俺はアロ達が見守る中、しばらくヴォルクと剣の模擬戦をやった。さすがにステータスが違うため、ほとんどは俺の圧勝であった。

だが、回数を増すごとに、ヴォルクの動きがどんどんと鋭くなるのを感じていた。俺には剣のことはよくはわからねぇが、ヴォルクはハウグレーとの戦いを経て、剣士としての技量が大きく上がっているように思えた。

「本当に強いな……さすがイルシアだ。これでなお『人化の術』のせいで力が大幅に減少しているというのだから、底が知れない」

ヴォルクが草原の上で仰向けに寝転がりながら、満足げにそう零した。

粘られて二十回以上模擬戦をやることになっちまった。俺はともかく、ヴォルクは明日には本当に疲労が抜けてるんだろうか……？　少なくともヴォルクは、今日ハウグレーと戦ってきたばかりのはずなのだが……。

しかし、底が知れないのはヴォルクの方だ。剣術では圧倒的にヴォルクに分があるとはいえ、まさか一本取られることになるとは思わなかった。このまま極めていったら、いつかはハウグレーのようになるのだろうか……。

3

滝の洞窟に入り込んできた日差しに、俺は目を開いた。ふと横を見ると、アロが横になりながら俺の顔を眺めていた。

「あっ！　竜神さま、おはようございますっ！」

アロが笑顔で声を掛けてくる。

い、いつからそうしてたんだ……？

しかし、半分くらいは意識を残しておくつもりだったんだが、諸々が片付いて気が途切れたせいか、随分と熟睡しちまっていたように思う。スライムを倒してリリクシーラと敵対し、相方を失って以来、ずっと気が張り詰めていたから、仕方ないことなのかもしれねぇが……。

……だが、まだ終わりじゃねぇ。

リリクシーラの裏切りも、俺がスライムの奴と二度に亘ってぶつかったのも、ハレナエ砂漠で生《なま》臭《ぐさ》勇者と戦うことになったのも、元を辿ればその全てが神の声のせいだったのかもしれねぇ。いや、そもそも俺がこの世界に来たこと自体、アレが関わっているとしか思えない。

まだ、俺は知らねぇことばかりだ。アイツと決着をつけるまでは、本当の意味で相方の仇を討ったことにはならねぇだろう。

本当に戦える相手なのかどうか、それさえ今は定かじゃねぇ。だが、それでも、俺はアイツのこ

とを知り、何らかの決着をつけなければならねぇ。

どうせこっちから何もしなくたって、俺が最後の神聖スキル保有者となった以上、奴から何らかのメッセージが届くことだろう。だったら、ここでウムカヒメを無視して平穏に生きる、という選択肢は取れねぇ。

全員が自然と起き、各々にフェンリルの干し肉を食して朝の食事が終わった頃、俺は皆を滝の洞窟の前へと集めた。

『これから、ウムカヒメに会って神の声のことを相談しようと思う。多分、アイツは神の声と戦うことを前提に行動するよう、促してくるだろう。それを受け入れるかどうかは、まだ決められてはいねぇ。最悪、交渉が決裂してウムカヒメと交戦になることも考えられる』

少なくとも、勝てると思っていた前代の勇者ミーアは敗北したのだ。

それに、神の声が俺なんかに怯えているとは全く思えねぇ。本気で怖かったら、そもそも強くなれるように誘導する必要なんてなかったのだから。

俺以上に神の声に詳しく、それについて思案を巡らせていたはずのリリクシーラも、神の声と戦おうとするなと、そうはっきり言い残している。

言いたくはねぇが……ミーアもウムカヒメも、神の声憎しで、奴を倒せることを前提に動いているだけだとしか思えない。

その理由は理解できる。石碑によれば、ミーアは神の声の本性を見抜けず、彼女自身の判断で故郷であったハレナエ帝国を滅ぼすことになってしまったのだという。

ミーアはノアの呪いで人外になってからも、神の声の誘導に抗えず、聖女ルミラとの戦争で世界全体を巻き込むことになってしまったことを悔いているようだった。その後の人生が、神の声を殺すための旅になってしまったことも仕方がないことだろう。

だが……俺達までそうなるべきだとは、思わない。リリクシーラの言っていた、戦わずに渡り合えとは、ミーアの悲劇を繰り返さないためのものだったのかもしれねぇ。

神の声の目的が俺にあるのならば、ある程度は俺からの提案にも従わざるを得ないこともあるはずだ。これ以上、余計な被害を出すなと訴えかけることもできるかもしれない。

だが、神の声が、絶対に許せねぇクズ野郎なのはわかっている。俺に語り掛けてきていた奴と、ミーアを誘導した奴が同一であれば、何百年、いや何千年にも亘って全世界に戦火をまき散らし続けてきたような奴だ。

いや、ひょっとしたら、もっと遥か昔から、そうし続けてきたのかもしれない。敵の規模があまりに大きすぎる。

『こっからは、本当に何が起こるかはわからねぇんだ。もしかしたら、勝ち目のない戦いに挑むことにもなるかもしれねぇ。だけど、アイツと決着をつけるのは、俺の役目だと思ってる。離脱してぇなら、俺が好きなところに連れていく』

俺は、ヴォルクとマギアタイト爺の方を見た。

ヴォルクは人間であるし、マギアタイト爺は元々スライムを倒してケジメをつけるためについてきたのだ。

「我は、最後までお前の戦いに付き合うつもりでいる。最大の目標であったハウグレーを倒してしまったのでな。新たな強敵がいるのならば、望むところというものだ。それに、こんなところで別れたのであれば、歯切れが悪くて敵わぬのでな」

ヴォルクは俺の視線に気づき、迷いなくそう返した。

俺は頭を下げた。ヴォルクには、此度《こたび》のリリクシーラとの戦いにおいても、何度世話になったかわからねぇ。

ヴォルクが少し表情を曇らせた。

『ヴォルク……？』

「それに、ハウグレーは神の声について、何か思うところがある様子であったからな。我は自分の思うように戦っただけだ。敗者の意志を継ぐ義務がある、などとは思わん。だが、それでも、奴が何のために剣を振るっていたのか、それを確かめたいのだ」

何か、ハウグレーについて引っかかることがある様子であった。

ハウグレーの戦い方は、これまで見てきた何者とも異なるものだった。俺達とはきっと違う世界が見えていたのだろう。

そんなハウグレーが、何のためにリリクシーラに力を貸したのか、それによって何をなしたかったのか、確かに俺も気にかかる。

『余モ、ココマデ来タノダ。最後マデ、オ前ノ旅路ヲ見届ケサセテモラオウ』

マギアタイト爺も、頭を大きく伸ばして頷いた。

『……ありがとうよ、ヴォルク、マギアタイト爺』

じゃあ早速、ウムカヒメに会いに行くとするか……。そう考えたとき、木霊状態のトレントさんが腕を組んで首を傾《かし》げているのが見えた。

『こ、これまで以上の相手……』

「トレントさん、まさか……」

アロが失望した目でトレントを見つめていた。トレントがびくっと身体を震わせる。

『ち、ちち、違いますぞ！　決して逃げたいと考えているわけではなく、その、私なぞで力になれるものなのだろうかと……』

トレントが翼をばたばたと激しく振り乱し、アロへと弁解を行う。アロはその様子を見てくすっと笑い、表情を崩した。

「わかってる。だってトレントさん、凄く優しいもん。絶対に敵わないって思っていたのに、たった一人でアトラナートを助けに行っちゃうくらい勇敢なのも知ってるもの。私達のこと、心配だったんでしょ？」

『アロ殿……！』

トレントさんが目に感涙を溜める。

トレントの話は俺も既に聞いている。アロがアルアネに敗れた後、トレントはアトラナートを奪還するために単独でアルアネを追いかけ、そのまま彼女を倒してしまったのだという。

トレントがA級相応のアルアネを、どう追い詰めたのかはわからない。トレント自身、そのときはとにかく無我夢中であったのだという。

だが、トレントが一番凄いのは、アルアネを倒したことではない。勝算がほとんどないとわかっていながら、それでもアトラナートのためにアルアネに挑んだ勇気こそ、俺はトレントの最大の長所であると思う。

『……でも実は、ちょっとだけ怖いと思ってしまいましたぞ』

「トレントさん……」

アロが少しがっかりしたように、目を細めた。

『トレント……その、怖いんだったら、リトヴェアルの森で待ってても……』

『だ、大丈夫ですぞ主殿！　ほんの、ちょっとした気の迷い！　もう、もう、私だけ留守番をするわけにはっ！』

トレントが、また忙《せわ》しなく翼を振って俺へと弁解する。

4

俺はアロ達と共に、霧に覆われた山の上を目指す。

前にウムカヒメがうろついていた辺りでは、彼女の気配を見つけることはできなかった。もっと山の上の方にいるのかもしれねぇ。そう考えた俺達は、以前に『クレイブレイブ』と戦った山の上を目指すことにした。

山の上に近づくと、霧の奥に大きな石板が見えてきた。勇者ミーアの石碑だ。この場所は俺が『クレイブレイブ』との戦闘で散々荒らしちまっていたが、今は地面も平たくなっていた。ウムカヒメが整えたのだろうか？

石板も真っ直ぐと立てられている。さすがに花畑は戻っていなかったが、以前に比べればぽつぽつと草が生え始めている。

ここの植物も、普通のものより遥かに生命力が強いのかもしれない。俺は周囲を見回し、ウムカヒメの気配があった場所へと目を向けた。

「戦いを終えたか」

空間が揺らぎ、着物姿の黒髪の女が現れる。

ウムカヒメだ。アロと黒蜥蜴が、さっと俺の前に出てウムカヒメを睨む。

以前、ウムカヒメを倒して俺と『クレイブレイブ』の戦いを見に行こうとして、彼女に止められたのを根に持っているのだろう。

トレントさんは木霊状態でアロの背後に隠れながら、翼をしゅっしゅっと伸ばしてシャドーボクシングをしていた。……こ、怖いなら無理しなくていいんだぞ。

ウムカヒメは呆れたようにトレントを眺めていたが、すぐに俺へと目線を戻した。

「無事に、奴の狂信者に勝利したようでなによりだ」

『……リリクシーラは、奴を妄信しているわけじゃあなかったのかもしれねぇ』

俺が言うと、ウムカヒメは目を細める。

「神の声に歯向かおうとせず、従おうとしていたことに変わりはないのであろう？　大事なのは、その点だけであろうに」

……やっぱり、こいつは意地でも神の声と戦うつもりなんだな。

『それで、俺がどうやったら、神の声に敵うっつうんだ。その方法が本当にあるっていうのなら、今すぐこの場で教えてくれ。ゆっくり仲間を増やせ……なんてゴメンだぜ。それで勇者ミーアは失敗したんだろ？』

ウムカヒメが眉間に皺を寄せる。

『……言い方が悪かったな。だが、避けて通れる話じゃねえだろ。もうちょっと探りながら言おうかと悩んでいたが、俺は、勝算のねぇ戦いには乗れない。それに邪神フォーレンだとか、世界の法則ラプラスだとか、規模が大きすぎてピンとこねぇんだ。今までもずっと、目の前のもん守るので精一杯だったんだからよ』

ウムカヒメが無言で俺の顔を見る。

やや剣呑な空気が広がった。

トレントが、そっと前に出てアロの隣に並んだ。ウムカヒメが彼らを手で制し、それから目を瞑って腕を組んだ。

「妾《わらわ》も、その石碑を見直し、既存の考えと繋げて色々と考え直したことがある」

ウムカヒメも、勇者ミーアが自身の全てを書いた石板は、これまで目を通したことがないという話であった。

ミーアは神の声が、他者の得た情報を盗み見できると考えていたためだ。石板の情報を必要な相手に確実に渡すため、神の声から守るための苦肉の策であった。

実際には、俺達が見つけた後も、神の声はこの石板を堂々とここに残している。

今や神聖スキルを持っている者は俺しかいない。もしかしたら単に潰す手立てがなかったのかもしれないが、それは希望的観測にすぎる。残していても影響がない、と考えられている可能性の方がずっと高い。

「神の声は、殺せる。妾はこの石碑を読み返し、そう確信した」

『……本当なのか？』

「ああ、奴が目的を果たそうとするその瞬間こそが、あいつの最大の隙となるはずだ」

神の声の、目的……。それはミーアの石碑によれば、ラプラスに深く関わる権利を持った存在……即ち高レベルの『ラプラス干渉権限』を保有した個体を造り出すことで、ラプラスが封印している化け物を蘇らせ、この世界を消し飛ばす、というものだった。

『なぜ、それが隙になるんだ？』

「ラプラスに関わることのできる条件に、強さが関係しているのはそちもわかっておろう。そして、神の声の持っている権限では、フォーレンの解放には至らぬのだ。それができれば、とうに自分でやっているはずであるからの」

『つまり……神の声は最終的に、自分より強い個体を造って、自分ではできない、フォーレンとやらの解放をさせようとしている……？』

ウムカヒメが頷く。

「ああ、そうであろうの。奴の思惑に従っていれば、いずれ奴を超えることになる。少なくとも……アルキミア様は、そうお考えであったようだ」

……ただ、そこで問題なのは、神の声は自分に逆らうつもりのある者が自身に近づけば、その者のステータスやらを次代の神聖スキル持ちの参考にし、当代の神聖スキル持ちをあっさり処分するであろう、ということだ。

神の声を欺けるとは思えない。ならば、神の声がうっかり調整を間違えるのを待つことくらいしかできない。

さすがに俺は、その程度の勝算であれば乗っかる気にはなれない……。

『そもそも、どうすれば俺がこれ以上強くなれるっていうんだ？　レベル最大までは、確かにもう少しあるが……』

「四つの神聖スキルを集めたのであろう？　であれば、既にそちの進化上限は解除されてはおらんのか？」

で、伝説級より上があったのか!?

何らかの条件が噛み合い称号スキルの〖最終進化者〗が消えることがあるようだが、どうやらその際には神の声の連絡が来ないようであった。だ、だが、一応確認はしているが、それらしいことは起こっていないはずなんだがな……。

俺は自身のステータスを再確認してみた。しかし、当然の如く、〖最終進化者〗は俺のステータスに残っている。

『あ、あるぞ。〖最終進化者〗は、しっかりと残っていやがる。なあ、本当に、伝説級より上なんて、存在するのか？』

「ふむ……」

ウムカヒメが口許を手で隠す。

『……もしかして、俺の限界が、今なんじゃねえのか？　神の声も、散々これまで試して、ちょっとでも強さを引き上げようと苦心してるんだろ？　勝者である俺が失敗だったとしても、おかしくはねぇと思うんだが……』

……問題なのは、だとしたらどうなるか、ということだ。

俺を失敗作と見て神の声が干渉を止めてくれるのであれば、俺としてはそれに越したことはない。

俺が神聖スキルを無駄に所持しているのが邪魔だと思い、神の声が消しに来る可能性は残っているかもしれねぇが……。

「それは早計であろうに。もしかすれば他に、何かしらの条件があるのかもしれぬ。神の声は、そちにそれらしいことは言っていないのか？　そちが勝者になったのであれば、真っ先に、何か吹き込もうとしてくるはずであろう」

『い、いや、何も言ってこねぇが……。だから俺も、おかしいと思ってるんだよ。俺が〖修羅道〗を獲得したときは大燥ぎで一方的にメッセージを送りつけてきやがったのに、今回に限っては沈黙してやがるんだ』

ウムカヒメの口許が歪んだ。

俺も喋りながら思考を纏めるに連れて、現状がおかしいことをより濃く再認識していった。まさか……マジで、神の声は俺を成長限界と察して見限ったのか？

思えば、どっちかといえば神の声はリリクシーラに肩入れしていたようであった。彼女が勝つことを前提で事を進めていたのではなかろうか。

だとしたら、だとしたら……え、これ、マジでどうなるんだ？

ウムカヒメと俺の間で、気まずい沈黙が流れる。

神の声が急いで俺を処分しないのであれば、失敗作であったとしても俺はそれでいい。神の声に期待されたって、何のいいこともないのはわかっている。

だが、ウムカヒメは違う。俺が主の仇を討ち、神の声から世界を解放する救世主になるはずだと、そう信じていたのだろう。無言の圧力が重い。

【安心しなよ。】

【ちょっとばかりキミ達に、余計なことを考えずに休むことのできる時間をプレゼントしてあげたかったのさ。】

【ボクって意外と親切だろう?】

そのとき、突然、頭にメッセージが走った。間違いなく、神の声によるものであった。これまで長らく沈黙を保っていたのに、えらく饒舌だ。

【仲間との絆を深める時間も重要だからね。】

【ラプラスの奴を出し抜くにはさ、最終的には人の心や意志のような、不確定なものが重要になってくるみたいなんだ。】

【激情の中で制限を突破して進化した、あの哀れなスライムの子みたいにね。】

神の声のメッセージが続く。

今までより、ずっと具体的に長々と語りかけてくる。生きた心地がしない。

結局、俺とウムカヒメのやり取りは覗かれていたらしい。覗き見した上で、どうせ障害にはならないと判断したのだろう。

神の声にとって、ウムカヒメも、勇者ミーアの人生も、彼女が最後の望みを託した石碑も、きっとどうでもいいことなのだ。

ウムカヒメも俺の顔を見て、俺が神の声からメッセージを受け取っていることを察したようだった。静かに口を閉じ、俺を見守っている。

【イルシア、ボクもキミにとって、心や意志が優先されるものになるようにこれまで誘導してきたつもりだ。】

【だからキミにちょっとでも楽しんでもらえるように、あれこれとキミの旅路に趣向を凝らしてきたんだ。】

次から次へと話す様子は、まるで浮かれているようでもあった。俺がリリクシーラを倒し、無事に神聖スキルを四つ手にしたのが、よほど嬉しいようであった。聞いてもいないのに、あれやこれやと捲《まく》し立ててくれる。

……もっとも、こいつに褒められても微塵も嬉しくなんかねぇ。

偉そうに上から目線で、俺が経験してきたこれまでの全てが自分の掌の上だと主張してくれやがる。気分がいいわけがない。

【リリクシーラがキミを評価していたのも、あのつまらない聖騎士の女を大事にしていたのも、ボ

クのそういう考えに多少は影響を受けていたんじゃあないかな？】

神の声は、まるで他人事のようにそう考察する。

リリクシーラは確かに、最期に俺に対して、アルヒスに少しだけ似ていたと、そんなふうに口にしていた。

アルヒスはリリクシーラの部下の中でも、自分で考えて動くことのできる奴だった。王都アルバンでルインが暴れたとき、敵対した俺を信じて交戦を中断し、回復するために真っ先に動いたのは、アルヒスだった。

リリクシーラはあの後……どんな気持ちで、俺に〖スピリット・サーヴァント〗のベルゼバブを仕向けてきたのだろうか？

あのときはとんでもねぇ奴だと思ったが、今となっては、アイツが望んで俺にベルゼバブを送ってきたとはとても思えない。

しかし、だからこそだろうか、神の声が賢《さか》しげにリリクシーラのことを語るのが、俺には不快で仕方なかった。神の声は、まるでリリクシーラの苦悩や覚悟に対して、自分がそうなるように誘導しただけに過ぎないのだと、そう主張しているかのようだった。

【おめでとう、イルシア。村娘の気紛れで、皮肉にもたまたま勇者の名を冠することになった、あまりにも不相応な邪竜。】

【キミはこの地上の経験値を喰らい尽くしたんだ。最後の外敵を打ち倒し、ついには表の世界の王

になった。】

【最早、キミに敵う存在など、この地上のどこにもいやしない。】

【今代の勝者がキミになると、ボクはずっとそんな予感がしていたんだよ。】

神の声が一気に捲し立てるように語りかけてくる。

【独り善がりで幼稚な紛い物の踏み台でも、】

【不相応に英雄と持ち上げられてその重圧で破滅した哀れな小悪党でも、】

【自由を夢見ながらただ道具として終わっただけの信念なき小蝿でも、】

【半端に頭が回る故に、考えすぎて自分を見失った愚か者でもなかった。】

スライムや勇者達のことを示しているであろうことはすぐにわかった。神の声の言葉は、聞いているだけで胸糞が悪くて苛々としてくる。

『……お前なんかが、あいつらを知ったように語るんじゃねぇよ』

俺は神の声のメッセージを遮って反論した。

神の声は強大な相手で、考えなしに敵対してはいけないのはわかっている。だが、激情をついに隠し切れなかった。

神の声の語る神聖スキル持ちの人物像は、わざとらしく滑稽に歪められているようだった。リリクシーラやベルゼバブは疎《おろ》か、神の声には、スライムや勇者イルシアのことでさえ俺は語ってほしくなかった。

確かに、スライムや勇者イルシアは性悪で、はっきりいって気分のいい奴らではなかったかもしれねぇ。それでも、神の声が偉そうに語るのは、我慢ができなかった。

【ボク以上に彼らを正しく評価することのできる者など、いやしない。】

【ボクは彼らを綿密な計算の上で配置し、これまでずっと見守って、相談に乗って、道を示して、そういう繰り返しで面倒を見てきてやったんだ。】

【キミにしてもまた、同じことさ。】

【多くの手違いはあったし、何よりキミは最初から別世界の記憶を持っていたが故にボクの話をまともに聞き入れはしなかったけれど、それでもボクが見守り続け、ここまで導いてきたことには何ら変わりはない。】

『そういうことじゃねぇ！　せめて、同じ高さまで下りてきてから言いやがれっつってんだ！　見守った？　導いた？　俯瞰で眺めて、高笑いしていたようなお前に、あいつらの生き方を上から目線で好き勝手に評する資格はねぇ！』

俺は魔力を乗せて『念話』を放った。

かなり力んじまった。ウムカヒメもそうだが、周囲のアロ達も、俺の様子にちょっと驚いていたようだった。

何か考えているのか、神の声からの言葉も途切れた。

「グゥ……」

俺は少し、息を吸った。

駄目だ、冷静にならねぇといけない。何か一つ、言葉や選択を誤れば、どうなっちまうのかわからねぇ状況だ。リリクシーラも、俺に神の声と渡り合えと、そう言っていた。

【そうだね。キミの言う通りかもしれない。】

気味の悪いくらいに素直な言葉が返ってきた。

い、一体、何のつもりだ？　まさか俺の言葉を聞いて、神の声が自身の過ちをあっさり認めたとは、とても思えない。

俺が警戒していると、すぐ後ろから声が聞こえてきた。

「じゃあ、これでどうかな？」

子供の声に機械の合成音が重なったような、不気味な声色だった。

俺は驚いて背後を振り返る。

「キミのお望み通り、出てきてあげたよ。これでボクには、彼らについて好き勝手に語る権利があるのかな？」

ミーアの石碑の上に、青白く発光する人間が座っていた。

人間に当てはめて年齢を考えれば、そいつは十五歳くらいの容姿に思えた。男か女かは、わからなかった。

髪は肩に触れる程度には長い。布を纏っており、背からは両翼が伸びている。目は大きく、くりくりしており、睫毛が長く可愛《かわい》らしくもあった。だが、見る者に陰鬱さを感じさせる、そんな淀んだ瞳をしていた。

そして何より奇妙なのは、そいつの左半身が崩れていることだった。不具合が生じた立体映像のようになっている。

ほ、本物なのか？　こいつが、あの神の声の本体なのか？　そもそも神の声は、こんな気軽に姿を現すことができたのか？

俺は咄嗟に、そいつのステータスを確認しようとした。

【特性スキル『神の声：Lv8』では、その説明を行うことができません。】

そいつは俺が戸惑っているのを、崩れていない右半身の目で確認した。それから口元を大きく開き、不気味に笑った。

5

その場にいた全員が、突然現れた神の声に対して構えた。

ウムカヒメも、直接神の声が乗り込んできたことは予想外であったらしい。鋭く睨み、歯を食いしばりながらも、その顔には明らかに焦りがあった。

「そう警戒しないでおくれよ。別にキミ達なんかにどうこうされてもボクは痛くも痒くもないし、そもそもちょっと身構えたところで抵抗できると、そう思っているのかな？」

神の声が、歪んでぼやけている左腕をそっと掲げた。

「そうだな……脅しとして二、三人消した方が、話がスムーズになるのかな？　キミ達は短絡的で愚かだけれど、無為に全滅を選ぶようなことはさすがにしないだろう？」

ハッタリ、だとは思えねえ。神の声が俺より弱いわけがない。

やるやらないは別として、可能かどうかでいえば、ここにいる全員をこの最東の異境地丸ごと吹っ飛ばせたとしてもおかしくはない。

俺はアロ達を見回し、彼女達をその場から一歩下がらせた。

『……止めてくれ。話があるなら、それを聞く気はある。こっちは、散々お前に振り回されてきたんだ。ちっとくらい、無礼は許してくれ』

「扱いやすくて何よりだよ。キミは激情家に見えて、他者の命が懸かっている場面だと一気に動けなくなるからね」

神の声は見え見えの薄寒い作り笑いを浮かべ、石板の上で脚を組んだ。

『本物、なのか？　偽物か、化身みたいなものじゃないのか？』

【こういうことができるのは】「ボクかラプラスくらいだよ」

頭に直接メッセージが響いてくる。いつもの神の声と、普通の話し方を合わせてきやがった。

「本物だけれど、分身ではないってことは否定できないよ。ボクのことを何一つ知らないキミに対して、それを証明する手立てはないからね。そもそも、ボクが分身や化身だったとしたら、何か不都合があるのかい？　本物だったら、ここで殺してみせるとでもいうのかな？」

神の声が、無表情な目のまま、大きく口を開けて笑った。

『んなことは……ない』

できることなら、勿論そうしてやりてえのが本音だ。こいつは生かしておけば、絶対ロクなことにはならねぇ。

正体も何も知らないが、危険で身勝手で残酷な奴だということだけは、嫌というほどわかっている。だが、今の俺が挑んでどうにかできるとは、とても思えない。

「さて、と。邪竜虐めはほどほどにして、本題に入ろうか。ボクもキミからあんまり嫌われるのは不本意だからね。意地を張られて、お互いの損を取られたって困る」

神の声は、パンッと手を叩いて話を仕切り直す。

さっきの言葉はほんの冗談のつもりだったのだろうか？　俺は完全に相手にペースを握られ、神の声の話に応じることしかできないでいた。

「散々リリクシーラからも聞いているんだろう？　隠し立てすることでもないよ。ボクの目的は【ラプラス干渉権限】レベル最大の魔物を造って、ラプラスの奴が封印している怪物、フォーレンを解放することさ」

さらっと、さも当然のことのように、神の声はそう口にした。

フォーレン。名前だけ聞いていた、大昔に封印された、大きな球状の謎の化け物だ。邪神扱いされていたが、神の声は怪物だと言い切ってみせた。

『んなことしたら、この世界は……』

「うん、消滅するよ。あんなのが復活したら、その瞬間に間違いなくこの世界は終わりを迎えるだろうね」

あっさりと、何の葛藤もなく、なんてことでもないかのように、軽々しくそう言い切った。俺は耳を疑った。

アロ達は話に半ばついていけなかったようだが、ぞっとした表情を浮かべていた。

「でも、実はキミにとっては悪いことばかりじゃないんだ。それは保証してあげるよ。だからこそボクも、あれこれ陰湿な手を打たなくても協力できるかもしれないと、こうフレンドリーに接してあげているんだよ」

『な、何をふざけたことを言ってやがる！　そんなこと、あるわけ……』

「人間に戻りたいんだろう？」

神の声が、崩れた左腕を前に出し、俺を指で示した。

「【ラプラス干渉権限】のレベルが最大になれば、キミの記憶だって元に戻せるはずさ。ちょっとばかり複雑だから、キミが持っているだけだととても扱えないだろうけれど、ボクがそれを補佐してあげたっていい」

神の声が、得意げにぺらぺらと話し出す。

「元々、キミが別世界の記憶を欠片《かけら》でも持っているのがおかしなことだったんだ。普通はラプラスがそんな欠陥、許すわけがないからね。ただ、こっちはラプラスの欠陥を突かないと最大レベルの〖ラプラス干渉権限〗なんて手に入りっこないから、急いで作られた勇者と魔王の戦争の粗を突いて弄ったり、直接システムと世界を繋げるスライムの『スキルテイク』みたいなスキルを造らせたりしていたんだ。キミのその中途半端な記憶は、元々キミに植え付けていた〖修羅道〗を、転生が不完全な卵の間にスライムの奴が引き抜いたせいで、ラプラスの管理にバグが生じた結果だろう。神聖スキルも、システムに干渉するスキルも、本来この世界にないはずのものだったから、ラプラスの奴がバグを潰しきれなかったのさ。同じ手はもう食わないだろうけどね」

神の声の言っている内容に、全く俺の思考が追いつけなかった。こいつはいったい、何の話をしているんだ？

「ボクはキミのことを、キミ以上にわかっているということだよ。安心するといい。たとえこの世界の封印が解けて、この世界の全てが消滅したとしても、そのとき、キミは元の世界に帰ることができる。キミがずっとこれまで望んでいた、平穏な、ただの一人の人間としてね」

も、元の世界に、帰れる？　今までそんなこと、欠片だって考えたことはなかった。

【フフ、疑うのも無理はない。ボクはね、キミと同じ世界から来たんだよ。ボクにも、キミにも、

この世界を終わらせて、元の世界に帰る権利がある。】

直接メッセージを送ってきやがった。

【ただのデータサンプルのつもりだったけれど、キミにはそれ以上の価値を感じているんだ。ボクはキミが、この世界を消してくれると、今ではそう確信を持っている。どうだい？　ボクの下でレベルを上げて、進化を重ねて、この世界に終止符を打つつもりはないかな？】

直接喋らないのは、アロ達に聞かせないためだろうか。

頭が追いつかない。元の世界やら、神の声が俺と同郷の人物やら、この世界を消滅させるやら、スケールがぶっ飛びすぎている。

【どうだい？　ボクの提案を受け入れるなら、キミの意志と覚悟を見せておくれ。この場の奴らを、全員経験値に変えてやるんだ。どうせ、いずれ纏めてフォーレンの餌食にするだけさ。苦しませずに、キミが一瞬で殺してやるんだ。】

だが、話のスケールがどうであれ、こんな提案を呑めるわけがない。

きっとこの世界には、俺が知らねえ事情やらがまだまだあるのだろう。しかし、何を知ったとしても、今まで出会ってきた奴ら全てを犠牲にして、覚えてもいねぇ生活を取り戻すなんて、そんな馬鹿げた結論に達するわけがない。

俺は神の声目掛けて前足を振るった。大地を『次元爪』の傷痕が走った。

『返事はノーだ！　答えるまでもねぇ！　駆け引きのつもりでも、そんな胸クソ悪い言葉を二度と口にするんじゃねえぞ！』

　ミーアの石碑が崩れ、上に座っていた神の声が降りてきた。

「キミは、誰に何をしたのかわかっているのかな？　残念だよ、そこまで馬鹿だとは思っていなかったのに」

　爪撃は、直撃したはずだった。だが、傷一つついていない。

「いいよ。ボクに歯向かうとどうなるのか、教えてあげる必要があると思っていたんだ。さて、どの子の命をもらっていこうかな？」

　神の声が、ボヤけている左腕の指を伸ばしてアロに向け、次にトレントに移す。

『一人でもやってみやがれ。その瞬間から、俺はテメェの言葉に一切聞く耳を向けねえ。死ぬまでテメェの首を狙って喰らいつき続けてやる』

　俺は牙を剝き出しにし、低く唸った。

『困るんだろ？　ここまで育てた俺が無駄死にしたらよ』

　神の声が指の動きを止め、眉間に深く皺を寄せた。

　明かに苛立っている。初めて神の声が見せた、余裕のない表情だった。

　リリクシーラは、神の声の言いなりには絶対になるなと俺に言っていた。

　やってやる。神の声と、渡り合ってやる。

　絶対に、こいつの思い通りにはなってやらねぇ。こんな奴に、俺達の世界を壊させるようなこともしねぇ。そして当然、これ以上、俺の仲間を傷つけさせもしねぇ。

「あまり図に乗らないことだね。話し合いで済むならそうしてやろうと考えていてやったけれど……こっちには、いくらでも手段があるんだよ。何一つとして、自分に選択肢があるとは思わないことだ。キミが聞く耳を持たないというのならば、それでいい。今まで通りのやり方で、やらせてもらうというだけだよ」

神の声の姿が、ふわりと宙に浮かび上がった。俺が目で追うと、神の声が左腕を振り下ろしてきた。真っ直ぐに伸ばされていた人差し指の先が光る。

何をしたのかは全くわからなかった。何かが来たようだった。だが、相手の攻撃の正体が全くわからなかった。

避ける時間がなかった。直後、脳を揺さぶられたような悪寒が走った。

身体の奥から吐き気が込み上げてくる。一瞬にして思考が真っ白になった。

「ガ、ウグゥ……」

気が付けば、俺はその場に腹を付けて這い蹲《つくば》っていた。

頭も、地に横倒しになっていた。口から漏れた唾液が、地面に水溜りを作っている。お、俺は今、いったい何をされたんだ……？

せ、精神攻撃か？

あれが攻撃だとしたら、予備動作から発動までが速すぎる。おまけに、範囲が全くわからなかった。あんなもの、どう足掻いたって避けようがない。

そういえば……ミーアの残した神の声の情報の中で、そういったものがあった。

『奴は基本的に、全てのスキルを使えると思っておいた方がいい。当然だが、私がこれまでに見た何よりも遥かにステータスが高かった。加えて、当時私の持っていたあらゆる耐性を貫通した、正体不明の凶悪な精神攻撃スキルを持ち、それを攻撃の主体に扱う。恐らく対抗する術はないので、精神力で堪える他にない』

ミーアの言葉が正しければ、今の攻撃に予防策はない。回避やスキルのバフ、耐性スキルでどうこうできる代物ではないのかもしれねぇ。

こ、こんなものを連発されたら、もし神の声にステータス面で追い付くことができたとしても、どうにもならねぇぞ。

「りゅっ、竜神さま！」

距離を置いて見守っていたアロが飛び出してきた。俺の頭のすぐ横に立ち、頬に手を触れる。

『く、来るな！　今、下手に俺へ近づくんじゃねぇ！　神の声に何をされるか、わかったもんじゃねえぞ！』

視界が、ブレる。俺は定まらない視野の中、どうにかアロの姿を目で追って、彼女へと【念話】を送った。

『アロ殿!?　み、皆さんは待機していてくだされ！』

トレントがそう言い、俺の前に出て〖木霊化〗を解除した。タイラント・ガーディアン本来の姿へと戻っていく。

見る者を圧倒する大樹が、神の声と俺の間に立った。神の声がトレントを見て、口の端を吊り上げて無感情に笑った。

『下がってくれトレント！　本当に殺されちまうぞ！』

「もう、いいかな。ボクからのお願いを全面的に突っぱねたことを後悔させてあげるよ。どっちにしてもボクは、リリクシーラとの約束を果たすために、〖スピリット・サーヴァント〗を使う予定があったんだ」

ス、〖スピリット・サーヴァント〗だと!?　神の声は〖スピリット・サーヴァント〗まで使えるというのか。

『何をするつもりだ！　やめやがれ！』

「リリクシーラがこのボク相手に渡り合えると思ったのはさ、ただの幻想だよ。彼女は、そう思い込ませておいた方が、よく働いてくれたからね。自分ならばボクを出し抜けると、どうやら本気でそう思っていたらしいんだよ。憐れだろう？　だって、彼女がそう考えるように誘導したのは、結局のところボクなのにね」

神の声が左手を天へと掲げる。

「リリクシーラは律儀に頑張ってくれたことだし、今となっては意味のないことだけれど、それでも約束は果たされなければならない。ボクは心とか、結構そういうのを重視する方なんだ。彼女の覚悟を安っぽくするわけにはいかないからね。リリクシーラとボクはさ、約束をしていたんだ。彼女が神聖スキルの争奪戦に敗れた際には、リーアルム聖国にボクの『スピリット・サーヴァント』を唆《けしか》けて滅ぼすってね」

『テ、テメェ……！』

リリクシーラがあれだけ俺を殺すのに躍起になっていた理由の、その一端が明らかになった。恐らく神の声はリリクシーラに対して、彼女の故郷であるリーアルム聖国を使って、神聖スキルを集めるように脅しを掛けていたのだ。

リリクシーラは、俺と本気で手を組むつもりもあったようだった。神の声は、それによって神聖スキルの奪い合いが滞ることを嫌ったのかもしれない。

「キミがどう喚《わめ》こうが、ボクは最終的にこういう手段をいくらでも取れるんだよ。たかだかこの世界の一つの生物に過ぎないキミが、神であるボクに何かできるなんて、思い上がらないことだ。教えてあげるよ、イルシア君。キミに何一つだって選択肢がないことをね」

神の声を中心に、魔法陣が展開される。辺りが眩い光に包まれ、視界が途切れる。俺は前足で顔を覆いながら、ゆっくりと目を開く。

な、何を喚《よ》び出しやがったんだ！

「オ、オォオオ、オォオオオオオオオオオオオオオオオオ！」

霧の地に、爆音が轟《とどろ》く。それが生物の声だと理解するのに数秒を要した。

神の声の背後に、俺の倍近い全長を持つ何かの姿があった。それは、とんでもなく大きな、真っ黒の蜘蛛《くも》だった。

毛むくじゃらで、八本脚を有する巨大な化け物だ。その前面には、三つの大きな頭部がついていた。左はヒキガエルで、右は猫の頭だった。中央には、王冠を被った耳の長い男の顔が付いている。

全ての顔が、目を見開いており、焦点の合わない真っ赤な瞳を宿していた。中央の男は絶叫しており、左右のカエルと猫は不気味に笑っている。

「驚いたかな？　歴史上一番強くなった、魔王の中の魔王だよ。〖三つ首の飽食王バアル〗っていうんだ。面白い姿をしているだろう？」

バアルの足元には、二人の人物が並んでいた。

片方は厚手の法衣《ほうえ》で身を隠した女で、もう片方は大きな剣を担いだ全身鎧の巨漢であった。外見は普通の人間のようにも思えるが、強大なオーラを感じる。

まさか、こいつらも『スピリット・サーヴァント』なのか!?

「ロオオオオオオオ……」

バアルの背後から、大きな音が響いてきた。

この地の霧に姿は隠れていたが、俺なんかよりも十倍以上は大きな、何かがいた。とんでもねぇ巨体だ。森の木々を押しつぶしながら歩んでいる。

あ、あれも『スピリット・サーヴァント』なのか……？

「どうかな？　こいつら一体一体、全員がキミ以上のステータスを誇る伝説級なんだ。なかなか壮観だと思わないかい？」

神の声はさっき、バアルは歴史上最強の魔王であると、そう口にしていた。まさか、この三体も、歴史上最強の勇者や聖女、魔獣王だというのか……？

『な、なんで……あ、有り得ねぇ！　『スピリット・サーヴァント』のストックは、二体までじゃねぇのかよっ！』

そもそも、神聖スキルがなければこいつらは存在を維持できなくなるはずだ。『スピリット・サーヴァント』状態のベルゼバブも『畜生道』を有していた。

『スピリット・サーヴァント』の四体ストックに、神聖スキルなしの伝説級モンスターなんざ、いくらなんでもルールガン無視にも程がある。

こいつのステータスは、一体どうなっていやがるんだ。こんなの相手に勝てるはずだなんて言い切りやがったミーアは、やはり神の声への怨恨でおかしくなっちまっていたんじゃなかろうかとまで思ってしまう。

「どうしてボクが、キミ達と同じ土俵で戦ってあげると思っていたの？　そもそもこんなもの、余興でしかないのだけれどね」

神の声は、俺達の様子を眺めて意地悪く笑った。こっちの反応を楽しんでいるかのようだった。

いや、事実、そうなのだろう。

「リーアルム聖国如き、この内の一体でお釣りが来るくらいには充分だったんだけれどね。イルシア君があんまりにも反抗的だったからさ、こいつらに徹底的に、キミがこれまで旅してきた土地を潰して回ってもらうことにしたよ。ほら、こういうことになってもさ、さっきまでみたいに生意気なことが言えるかな？」

俺は神の声の『スピリット・サーヴァント』の一体、一体に目をやった。

神の声には敵わなくても……今の俺ならば、多少喰い下がることくらいはできるのではないかと、そう思っていた。だが、あまりにも格が違う。

「これでわかってくれたかな？　キミが表の世界で一番強くなったところで、ボクの前ではそんなものは何の意味もないんだよ。えっと、なんだっけ？　ボクがキミの言うことを聞かなきゃ、死ぬまでボクに抗って無為に全滅するつもりなんだって？　もう一度言ってみなよ、そんなふざけた、生意気な戯言《たわごと》をさぁ」

神の声が大口を開けて笑う。

四体の『スピリット・サーヴァント』は動かない。鎧男も、法衣の女も、召喚されたときのまま棒立ちしている。謎の巨大な影も無関係なところを歩いている。

巨大な三つ顔の蜘蛛は俺を睨んで涎《よだれ》を垂らしてはいるが、とりあえずは、今すぐに攻撃を仕掛けてくる気配はない。

神の声なしだとしても、低く見積もって魔物化したリリクシーラが四体だ。こんなの勝負になるわけがない。

「キミができるのは、せいぜい地面に頭をつけて許しを乞うことくらいだったんだよ。ちょっと機嫌がいいから対等に接してやったら、リリクシーラの馬鹿げた助言を真に受けて付け上がっちゃって。じゃあ確かめてあげようかい？　一人ぶっ殺されたら、本気で死を選ぶのかさ」

こんな奴相手に、俺は自分の意見を強気に通せると思っていたのか。

こいつは狂気の塊だ。最後には自分の感情を優先する。交渉相手としては最悪だ。

『落ち着いてくれ！　俺達全員の安全を保証してくれるなら、最低限の協力はしてもいい。だが、この時代に俺を使って世界を壊すことには協力できない！』

俺は自分を発した。

これは俺が神の声から引き出したかった、最低限の条件だ。

だが、最早、条件を出し渋って交渉を行っていく余裕はない。このままだと、神の声は強硬策に出てきかねない。今からでも、俺の考えを提示すべきだと考えたのだ。無意味に戦闘を行えば、お互い損なはずだ。

「この期に及んで、まだそんな条件をぺらぺらと突きつけてくるとはね。これ以上舐められるのはごめんなんだよ。せっかく呼んだんだし、この子達も暴れたいらしい」

神の声が高度を上げた。

「それに、ボクももう、キミをどうするか決めたのさ。従順にボクの言うことを聞いてくれないならば、それはそれで別に構いはしないんだ。キミに対して、一番効果的なやり方でやらせてもらうだけだからね。さぁ、バアル、力の差を見せてあげなよ！」

大蜘蛛バアルの、三つの顔が笑った。攻撃を仕掛けてくるつもりだ！

『に、逃げるぞっ！』

俺は周囲へ【念話】を放った。

神の声に散々利用されて全員殺されるくらいなら、あいつと戦って死んでやるのも手だと、俺は本気で考えていた。

……だが、そこには無論、自棄になる姿勢を見せつけることで、神の声に妥協案を提示させるという思惑もあった。それにここまで明確な力の差をはっきりと提示された今、さすがに特攻して無駄死にしようとは思えない。

俺一人なら、賭けに出る選択もあった。しかし、今俺が感情任せに動けば、この場にいる他の奴も巻き添えにしてしまう。

トレントが、タイラント・ガーディアンの姿で俺の前に出ている。俺がすぐ逃げれば、トレントがバアルの犠牲になってしまう。

俺はトレントを追い抜き、バアルへと接近した。

『あ、主殿っ！』

「オオオォオオオオオオオオオオオオオオオオオオオオオオッ！」

バアルも前に出ていた。

避ける間もなく、正面からバアルの体当たりを受けることになった。黒い巨体とまともに衝突した。全身に衝撃が走り、俺の身体は軽々と後方に吹っ飛ばされた。

意識を手放しそうになった。だが、ここで気を失えば、そのままバアルに殺されちまう。俺は気力を振り絞り、どうにか意識を引き戻した。

俺は尾で地面を勢いよく叩き、その反動で体勢を整える。そのお陰で、どうにか大きく吹き飛ばされずには済んだ。

だが、それだけだ。今の衝突で肩や胸部の骨に、罅が入った。俺の全身が、今の一撃で悲鳴を上げている。

とんでもなく重い体当たりだった。ステータス面では間違いなく、バアルの方が俺よりも格上であった。

トレントが俺へと大急ぎで向かってきた。

『主人殿！　前に！　前に！』

ま、前……？

俺は慌てて激痛に霞みかけた思考を取り戻し、顔を上げて前方を確認する。だが、俺を突き飛ばしたバアルは、三つの顔でゲラゲラと下品に笑いながら立ち止まっている。

バアルは俺とぶつかっても、まるで応えていない様子であった。明らかに遊ばれている。さっきの体当たり自体、手を抜かれていたようだ。

だが、バアルは俺と同じ、伝説級の魔物じゃねぇのか……？　同じランクの魔物であるはずなのに、こっちは一撃で瀕死に追い込まれ、相手は無傷でピンピンしている。ここまでステータスに差があるのはおかしい。

しかし、バアルにばかり意識を向けている場合ではない。俺は他の〖スピリット・サーヴァント〗の位置を目で確認した。幸い、まだ動きを見せてはいなかった。

そのとき、俺の〖気配感知〗が、すぐ斜め上方に反応した。急いで目を向ければ、神の声の奴が浮かび上がっていた。

神の声は半分崩れているその顔に、満面の笑みを湛《たた》えている。空に掲げている片手の先には、黒い光が集まっていた。

「どうしたのかな？　〖スピリット・サーヴァント〗に任せたからボクが動かないって、そんな甘いことを考えていたのかい？　その程度の心構えで、よくこのボクを出し抜けるなどと思い上がってくれたものだ」

『なに、を……！』

神の声の手に集まっていた黒い光が広がり、大きな魔法陣となって俺の周囲を覆い尽くした。

嫌な気配を感じる。ただの攻撃じゃねえ。こいつは、何をするつもりだ。

急いでこの場から離れようとしたとき、神の声が空いている方の腕を下ろし、俺を指先の延長線上に捉えた。

脳が揺さぶられたかのような、急激な不快感に襲われる。思考が真白になり、一気に何も考えられなくなった。

「ガ、ガ、ア……」

「ごちゃごちゃと無駄な抵抗するね。だから、何度も言わせないでおくれよ。キミには選択肢なんてないんだってさ」

ま、また、さっきの精神攻撃か！

ミーアも、神の声がこの攻撃を多用すると言っていた。生かさず殺さず手っ取り早く相手を屈服させるためには、恐らくこれがちょうどいい技なのだろう。

黒い魔法陣の光が、俺の身体に纏わりついてくる。

動けない。前脚が、持ち上がらない。発動しきるまでに時間がかかるタイプのスキルらしいが、その時間を妙な精神攻撃で稼がれちまった。

「竜神さまっ！」

『主殿ォ！』

近くにいたアロとトレントが、俺に向かって走ってくる。そのまま黒い魔法陣の領域内へと踏み込んでしまった。

『来るんじゃねえ！　何かに巻き込まれるっ！』

「ふむ、小蝿が交じり込んでしまったか。ボクの箱庭をあまり穢《けが》して欲しくはないのだけれど……まぁ、別に構わないか」

神の声が目を細める。

俺は必死に後ろ足を動かし、地面を蹴って魔法陣から抜け出そうとした。後ろ足は地面に当たらなかった。まるで後ろ足が地面を擦り抜けたかのような感覚であった。

お、俺は、何をされたんだ……？

「〘異界送り〙」

神の声が呟く。周囲の視界が、白に塗り潰されて何も見えなくなっていく。

「レベルを上げてくるといい。人質は、キミが出会ってきた、この世界の全てだ。ほら、急いで戻ってこないと、みんな死んじゃうよ」

こいつは、何を言っているんだ……？

神の声の笑い声が、どんどんと遠くなっていく。

6

気がつくと俺は、ぼうっと半目を開き、腹這いの姿勢でただじっとしていた。

……ここは、どこだ？

意識がどうにもはっきりとしない。それに、思考が上手く纏まらない。何か、何か大事なことがあったはずだ。

思い出せ。俺はリリクシーラを倒して、そんであいつらと合流して……そうだ、ウムカヒメに話をしに行ったんだ。

それから、それから……。

「グゥォオオオッ！」

俺は声を上げながら、身体を起こした。

そ、そうだ、俺は神の声の奴に会ったんだ。あいつは急に現れて、俺に一方的なことを告げて、勝手に逆上して、四体の『スピリット・サーヴァント』をぶつけてきやがった。

そんで隙を作って、俺に何かをしたはずだ。

俺は周囲を見回す。高い、歪な木がずらりと並んでいた。

俺から見ても高い。全高三十メートルといったところか。『タイラント・ガーディアン』の倍以上の高さである。

まるで自分が小さくなったような錯覚さえ覚えた。

な、なんだ、この異様な木々は……？

空に浮かぶ不自然に真っ青な月が、この歪な森を、妖しい光で不気味に照らしている。その月は、この地が俺がこれまでいた場所とは決定的に異なる場所なのだということを、何よりも雄弁に俺へと教えてくれた。

歪な木々の光景や、妖しい月光だけではない。これまでの旅と戦いで培われてきた俺の勘が、ここはヤバイと俺に訴えてきていた。

何がどうなってこうなっちまったんだ。まさか、俺はあのとき歴代最強の魔王バアルとやらにぶっ殺されて、あの世にでも送られちまったっつうのか？

俺の記憶が確かであれば、神の声は『異界送り』だとか口にしていたはずだ。あれは、対象を別の空間に送り飛ばす類のスキルだったのではなかろうか。

んな力があったとして、それこそ神の声に逆らうのが絶望的になってきたが、あの『スピリット・サーヴァント』の出鱈目さを思うに、それくらいできたっておかしくはねぇ。

神の声の『スピリット・サーヴァント』は明らかに異様であった。操れる魔物のストックは通常ではスキルレベル最大でも二体までのはずだ。しかし、どうやら神の声は四体同時に連れている様子であった。

おまけに、本来ならば伝説級の魔物は、神聖スキルを失えば、その時点で自身の身体を維持できなくなるはずなのだ。だが、神の声の『スピリット・サーヴァント』達は、明らかに伝説級以上の力を有していた。

神の声は、あの『スピリット・サーヴァント』をそれぞれ世界の各地に嗾けるつもりだと口にしていた。だが、『スピリット・サーヴァント』には射程があって、発動者から一定以上の距離を離れることはできないはずだ。神の声の口振りが正しければ、アイツだけは『スピリット・サーヴァント』の射程を無視することができるか、射程が世界全土クラスで大きいことになる。

スキルの射程、操れる数、神聖スキルによる縛り、それら全ての枷を外している。リリクシーラの『スピリット・サーヴァント』とは明らかに格が違っていた。神の声のスキルは、全て別物レベルで強化されているとでもいうのだろうか。

しかし、そこまで考えても、やっぱりわけがわからねぇ。神の声の言動は、冷静に考えれば腑に落ちねぇことばかりだ。

結局俺を本人の力でこの場所に送り飛ばすつもりなら、どうしてあの四体の『スピリット・サーヴァント』を見せびらかすような真似をしたんだ……？

思考が纏まってくると、神の声の『スピリット・サーヴァント』達に続いて、脳裏にアロとトレントの姿が浮かんだ。

そ、そうだ、あいつらは神の声の攻撃で動けなくなった俺に近寄ってきて、あの『異界送り』だとかいうスキルに巻き込まれていたはずだ。

だとすれば、もしかしたらアロとトレントもこの世界に送られているのかもしれねぇ。その可能性はかなり高い。

神の声の考察なんて後回しだ！　アロ達はどうなっちまったんだ。それに、アロとトレント以外の奴らも、神の声の前に置いてきたままになっているはずだ。

「グゥオオオオオオッ！」

俺は不気味な森の中で叫んだ。

『アロ、トレント！　どこにいるんだっ！　聞こえたんなら、返事をしてくれっ！』

続けて『念話』を放った。

この森には何が潜んでいるのかわからねぇ。今まで俺が見てきた常識が通用する場所だと、俺にはどうにも思えない。

何せ神の声の奴が連れてきやがった場所だ。自分の位置を大声で知らせるのは自殺行為だったかもしれねぇ。だが、んなことよりもアロ達と合流するのが優先だ。

ここがヤべェところであればあるほど、アロ達の危険が高いってことだ。

「りゅ……りゅうじん、しゃま」

遠くから、絞り出すような声が聞こえてきた。

アロの声だ！　やっぱり、この世界に飛ばされていたんだ。

俺は急いで声の聞こえてきた方へと駆けた。辿り着いた先では、アロがぐったりと、地面の上で横になっていた。

ステータスをチェックして、生きていることを確認する。

どうやらアロは俺と同様に、神の声のスキルで飛ばされたときのショックで意識が朦朧としているようだった。

だが、特にＨＰが大きく削られていたり、奇妙な状態異常に掛かっていたり、なんてことはなさそうだ。俺は安堵の息を吐いた。

『無事だったんだな……アロ』

俺は前足で丁寧に摑み、背へとアロを乗せた。

「ありがとうございます、竜神さま……。あの、ここは……？」

『俺にも、さっぱりわからねぇ。それより、トレントは？　俺の記憶違いじゃなければ、あのとき一緒に送り飛ばされたはずなんだが……』

『あっ、主殿！　ち、近くにおられるのですかっ！　たっ、助けてくだされぇっ！』

トレントの【念話】が聞こえてきた。俺は息を吞み、【念話】の方へと駆けた。

『すぐに行く！　それまで堪えてくれっ！』

アロに続き、トレントまですぐに見つかったのはラッキーだった。

だが、どうやら現地の魔物と接触しちまったらしい。

どういう敵が出てくるのかは想像もつかねぇ。とにかく、トレントとアロに被害を出さねぇように俺の全力をぶつけるしかない。

……【念話】の先では、トレントがその巨体の半分を地中へと埋めているところだった。枝と幹が、狭苦しそうに僅かに蠢《うごめ》いた。

『あっ、主殿！　引き抜いてくだされ！』

……何がどうしてこうなったんだ？

「トレントさん……なんでこんなときに、遊んでいるの？」

アロが物悲しげにトレントへと尋ねる。

『ちっ、違いますぞ！　私にもわかりませぬっ！　咄嗟に『スタチュー』の金属化で我が身を守ろうとしたのですが、恐らくはそのせいで地面に突き刺さったのではないかと……！』

……確かにそれなら、あり得なくはないかもしれない。

俺もスキルで飛ばされたときの記憶はない。恐らく空中に投げ出され、『スタチュー』の金属化のせいで地中に身体が突き刺さってしまったのだろう。

俺はトレントの幹に前脚を回し、力を込めて持ち上げてやった。その衝撃で、辺りの大地が少しばかり揺れる。

『助かりましたぞ主殿』

俺はトレントの、ピンと伸びている根へと目をやった。ちょ、ちょっと重いと思ったら、無駄に根を張りやがって。

『……緊張したり不安になったりすると……こう、根が強張ってしまうのです』

トレントが俺へと弁解する。

俺は背のアロへと顔を向けた。アロはトレントの様子を、目を細めて観察していた。

俺はトレントへと向き直り、深く息を吐いた。

『そ、そこまで呆れなくとも……』

『いや、アロもトレントも、無事でよかったぜ。悲鳴を上げてたから、魔物にでも出くわしたんじゃねぇかと冷や冷やしてたんだ。それに、トレントの様子を見てっと、そのお陰でなんとなく冷静になれた気がするよ』

『あ、主殿……！』

トレントが嬉しそうに幹を張る。

俺は頭を押さえ、考える。

アロとトレントは無事だった。それは本当に嬉しいことだ。……だが、状況は最悪だ。

アロとトレントの無事を確認し……そしていつも通りのトレントさんっぷりを見て、俺はようやく冷静に、現状を見つめ直すことができていた。

なぜ神の声が俺に【スピリット・サーヴァント】を見せびらかしたのか、なんとなくその理由に察しがついてきたのだ。

恐らくは、俺に力の差を誇示することで、今の俺では絶対に敵わないことを知らしめるためだ。

俺が従うならそれでいいと考えていたのは本当だろう。だが、あのとき逆上したのは、わかりやすく自分の強さを演出するためのパフォーマンスだったのかもしれない。

奴は、俺が更に強くなる目的を持つために、『スピリット・サーヴァント』をばら撒いて世界を滅茶苦茶にすると宣言したのだ。

俺はこの世界を抜けて元の世界に帰って、神の声を止めねぇといけない。しかし、今のままでは敵わないことはしっかりと教えられた。だから、元の世界に戻るヒントを探しながら、ここできっちりレベルを上げてこい、ということだろう。

従わなければ……その代償は、俺がこれまで見てきた世界の全てだ。

恐らくは、神の声がリリクシーラをリーアルム聖国をダシに脅したときと、ほとんど同じやり口なのだろう。

あいつは、こんなことをこれまでも何度も繰り返してきていたのだ。激情していたように俺の目からは見えたが、それが心からのものだったのかどうかは怪しい。今までの俺を見ていれば、あんな提案をすれば俺が怒るのは、神の声だってわかっていたはずだ。

『馬鹿にしやがって……』

俺は思わずそう呟いた。

神の声は、俺が強くなった結果をデータとして観測したいのだ。

だが、奴は、絶対に俺が自分と同じ高さまで追いつくことをよしとしないだろう。ギリギリまで強くなったら、あの出鱈目な力で押し潰しに来るに決まっている。

最終的には自分を超える魔物を作り出して、フォーレンを蘇らせて、この世界を吹っ飛ばして元の世界に帰るのがあいつの目的であるはずだ。もっとも、神の声のあの言葉も、どこまで本当なのかは怪しいが……。

しかし、俺は神の声には従わないと、はっきりと宣言してしまっている。俺が神の声を超えるチャンスなんて、奴はきっと回さない。

あそこで嘘でも従うと答えていれば、奴の寝首を掻くチャンスを得られただろうか？

いや、そんな生温い奴じゃねぇ。口で言って信じるとも思えないし、心を見透かせたって何ら不思議じゃねえ。

それこそ奴の言っていた通り、俺がアロ達を殺して経験値に変え、この世界に未練がないことを証明する必要があったはずだ。

俺はこのまま神の声に従い、あいつが次々に出してくる人質を助けるためだけに動き続けるしかないのか？

もしかすれば、これまでの全てもそうだったのかもしれない。俺が助けてきた奴だって、俺がいなければ別の奴が『イルシア』として神の声によって配置されていただけだったのか？

そもそも俺さえこの世界にいなければ、神の声の奴が引き起こさなかった問題ごとだってあったのかもしれねぇ。

俺は、あいつの書いたシナリオの上で、俺がどうにかできる範囲の問題を提示され続けてきただけだったのか？

そしてその最後には、あいつに呆気なく殺されるのだ。

そのときはアロ達の命の保証だってねえ。何せスケールが違うのだ。神の声は、神だ。少なくとも、そう称されるに匹敵する力を持っている。

俺は俯いた。

……こんなもん、どうすりゃいいっつうんだ。俺が足掻けば足掻くほど、あいつの試練をクリアすればクリアするほど、神の声は世界を巻き添えに、更なる難題を押し付けてくるだけなのだ。

俺はどうするべきなんだ？

『お前はいつも考え過ぎなんだよ。答えなんて一つしかねぇだろうが』

頭に声が響いた気がして、俺はふと自分の左側へと目をやった。

そこには何もないが、誰かがいたような気がした。

俺は口端を上げ、思わず笑っちまった。相方……お前はいなくなっても、ずっと俺の背を押してくれるんだな。

「竜神さま……？　どうしましたか？」

アロが俺の前に立ち、不安そうに尋ねてくる。

俺は息を吸い、天を仰いで咆哮を上げた。

「グゥオオオオオオオオオオオオッ！」

アロとトレントが、びくりと肩を震わせ、背を伸ばす。

迷ったって、立ち止まっているわけにはいかねぇんだ。とにかくちょっとでもいい方向になるように、全力で突き進むしかねぇ。

『決めたぜ、アロ、トレント。俺は奴に従って強くなってやる。だが、それはリリクシーラみてぇな奴を圧倒できるまででも、あの大蜘蛛の化け物を倒せるようになるまででもねぇ！』

神の声の支配を逃れるには一つしかない。

俺が、奴を出し抜いて強くなる。それだけの話だ。

可能か不可能かなんて、やる前からわかるわけがねぇ。現時点、奴は余裕ぶっこいてて、俺のレベル上げをチート権限に胡坐《あぐら》掻いてゆっくりと待ってやがるんだ。

それは間違いなく大チャンスだ。

『あの余裕ヅラの神の声をブッ倒して、この世界を奴の手から解放する！』

それこそ奴の思い通りなのかもしれない。システムの壁を超えるには最後には心が肝心になると、神の声も口にしていた。

だが、それでいい。神の声が俺を煽《あお》って強くしようとしているのならば、俺は奴の想定を突き破って強くなってやる。

思い返せば今まで俺は、ずっと何かを守るための強さが欲しかった。

ミリアの村を守るため、ニーナと玉兎を守るため、リトヴェアル族を守るため、王都アルバンを守るため、自分の仲間を守るため……俺はこれまで、いつだって、目の前の誰かを守ることのできる力を求めてきた。

だが、それじゃあ足りねぇんだ。

神の声は、乗り越えた先に回り道をして、俺に接触してきやがる。だから俺は、全てを守ることのできる、奴を倒せるだけの力を手に入れる。

『俺は、最強以外目指さねぇ！』

書き下ろし番外編　猿猴《えんこう》王の最悪の置き土産

1

長かったリリクシーラとの戦いも、ついに終わった。

だが、すっきり決着……というわけにはいかなかった。リリクシーラもまた、彼女なりの正義と使命を持ち、神の声に抗うために俺との戦いを選んでいたようであった。

俺もまた、殺されるわけにはいかなかった。裏切られ、相方が死ぬ切っ掛けを作られ、リリクシーラを恨んでいたこともあった。だが、今は、リリクシーラの想いを背負って、神の声と対峙しようと考えている。

ひとまず今日はしっかりと休息を取り、明日にウムカヒメのいる山の方へと、戦いの一部始終の報告に向かうことになった。アロ達に身体だけではなく心もしっかり休めてもらうため、しばらく各々に自由行動を取ってもらうことにした。

俺はアロと一緒に行動し、トレントの日向ぼっこやアトラナートの釣りに付き合った後、〖人化の術』を用いてヴォルクと剣の模擬戦を行っていた。

「りゅーじんさまー！　頑張ってー！」

「キシッ！　キシィ！」

アロと黒蜥蜴が、離れたところから腕を振って俺を応援してくれる。アトラナートも彼女達に並び、腕を組んで戦況を眺めている。

「行くぞイルシア！」

ヴォルクがマギアタイト爺の剣を構え、向かってくる。俺は柄が黒く刃の白い、巨大な刃をヴォルクへと構えた。これは『アイディアルウェポン』で造り出した剣である。


【『大厄刀』：価値B】

【『攻撃力：＋65』】

【災いを呼び寄せるとされている、巨大な剣。片側にしか刃がない。】

【災いを振りまく竜の骨を用いて造られた。】

【斬った相手に、持ち主の魔力に比例した『毒』と『呪い』を付与する。】

どの剣で戦ったらいいかと色々試してみたのだが、**【『小厄刀』：価値D＋】**や、**【『ベビーソード』：価値E】**では、すぐに壊れてしまうので剣で戦う意味がほとんどなくなってしまうのだ。
かといって**【『ウロボロスブレード』：価値A】**や**【『オネイロスライゼム』：価値L（伝説級）】**では危ないので、『大厄刀』が一番いいという結論に達したのだ。

……因《ちな》みにこの際の『アイディアルウェポン』の検証で、『卵剣《たまごけん》』なる謎の武器の存在を知ることができた。

【『卵剣』：価値A】
【『攻撃力：+1』】
【竜の卵の殻で造られた繊細な剣。】
【この繊細な造りは芸術の域に達している。】
【些細な衝撃で潰れてしまうため、決して武器には向かない。】
【だが、仮にこの剣で魔物を打ち倒すことに成功した剣士は、剣の精緻を極め、『卵剣士』の称号を得ることができるだろう。】

……恐らく、『ドラゴンエッグ』に対応した武器なのだろう。『アイディアルウェポン』は、俺のこれまでの進化を辿っているかのような武器を得ることができる。しかし、進化形態を遡る程に価値が落ちていっていたのに、最後の最後で逆に価値が高くなるとは思っていなかった。

因みに一度試しに『卵剣士』を目指してヴォルクと『卵剣』で戦ってみたが速攻で壊してしまい、素手でヴォルクに応戦することになった。

……本物の高価な『卵剣』でなく、『アイディアルウェポン』のスキルで造った、偽物の剣でよかった。危うく大損するところだった。

しかし、せっかくの模擬戦だが、俺とヴォルクはステータスの開きが大きすぎる。なにせ、俺の素早さはヴォルクの三倍以上なのだ。そのため俺はハンデとして一手目から決定打を狙わないという取り決めを行い、そのルールで既に二十回以上戦っていたが、全てほぼ一瞬、二手か三手で俺が勝利していた。一番長引いたので五手である。

「うおおおっ！」

ヴォルクが刺突を放ってくる。俺はヴォルクの刃を右に避け、半歩距離を詰めた。

俺はこのまま刃の腹をヴォルクに宛がおうかと思ったが、少しヴォルクの出方を窺ってみることにした。

ヴォルクは退いて間合いを取りながら刃を振るう。

動きはしっかりと見えていた。俺は剣を振り上げ、ヴォルクの刃を弾き飛ばそうとした。

マギアタイト爺を砕きかけないので膂力は抑えるが、ヴォルクの体勢を崩して一本取るには充分なはずであった。

しかし、俺が振り上げた先に、ヴォルクの刃はなかった。

「なっ……！」

俺は勢い余り、体勢を少し崩した。

「見えたぞおおっ！」

ヴォルクの全力で振るった刃が、俺の後頭部をまともに捉えた。

「つうっ!?」

俺は頭を押さえ、その場で転倒した。

「あ、当たった……当てられたのか、我の刃を、イルシアに……？」

ヴォルクが呆然と立っていた。俺に刃を当てられた実感が、まだないようだった。

俺は頭を押さえる。『人化の術』の間は攻撃力と防御力が半減するのだ。場所が場所だったこともあり、さすがにちっとダメージが通っちまったか。

「ああ、凄い一撃だったぜ。刃の位置が急に追えなくなったと思ったら、いつの間にか頭のすぐ横に来ていた。刃が瞬間移動したかと思ったくらいだ」

俺は親指を立ててヴォルクへと向けた。

「聞いてくれイルシアよ。今、今、我の目に、お前の次の動きが鮮明に浮かんだのだ。ハウグレーとの戦いを経て、自分より遥かに速いお前と戦ったことで、何かを摑めたかもしれん」

ヴォルクが興奮気味に口にする。

「ヴォルクさん、ひ、酷い！　勝負は寸止めか、軽く宛がうだけだって言ってたのに！」

駆け寄ってきたアロが、ヴォルクを非難する。

「……そ、そうであった。興奮して、すっかり忘れていた。す、すまない、イルシアよ」

ヴォルクが申し訳なさそうに頭を下げる。

「いや、全然大丈夫だぜ。頑丈だからな」

俺は頭を押さえながら笑う。当てるつもりだったからこそ、ヴォルクは俺から一本取ることができたのだろう。ヴォルクが剣士として何か掴めたのならば、その役に立てたと思えば俺は嬉しい。それにダメージも、そこまで深刻なものではない。

「キシィ……」

黒蜥蜴が俺の肩に前足を掛け、刃を受けた頭をぺろぺろと舐めてくれた。

「はは、はしたない！　レチェルタ、降りて！」

アロが黒蜥蜴を指差し、顔を赤くして怒った。

「い、いや別にそんな……。ありがとうな黒蜥蜴、痛みがすっと引いたような気がする」

「キシィ！」

黒蜥蜴は、俺の頬へとすりすりと頭部を押し当ててくる。

「ははは、こらこら擽《くすぐ》ったいぞ」

俺は黒蜥蜴の頭を撫でた。

アロはムッとした顔で黒蜥蜴を見つめていた。その後、何かを確かめるように、べっと自分の舌を突き出していた。

「まさか、レチェルタに張り合って、イルシアを舐めるつもりではあるまいな……？」

ヴォルクにそう言われ、アロが顔を真っ赤にして手を左右に振った。

「ちち、違います！」

2

『たっ、助けてくだされ主殿――――ッ！　賊です、賊が現れましたぞ！』

ヴォルクとの模擬戦を丁度お開きにしようとしたとき、住処《すみか》にしている滝の洞窟の方から〖念話〗が聞こえてきた。

「トレント!?　す、すぐに戻る！」

俺は人化状態のまま、すぐさま滝の洞窟の中へと戻った。

洞窟の中は荒らされていた。マンドラゴラの香辛料が入った壺の一つが横倒しにされて割れて中身が散らばっており、壁に大きな爪痕が走っていた。トレント（木霊状態）が、両翼で頭を抱えて震えている。

そしてそのトレントの前には、薄汚いボロ布を纏う、謎の男の姿があった。肌は浅黒く大柄で、顔には深い皺が刻まれている。感情の見えない、不気味な細目の人物であった。

年齢も全くわからない。皺の浮かび方が独特で、加齢によるものか、過剰に顔の筋肉がついているためか判別がつかないのだ。そのくらい人間離れした相貌であった。最初は六十歳くらいかと思ったが、仮に三十歳であっても有り得るように思える。

「人間ってことは、お前、リリクシーラの残党か！　もう戦いは終わったんだ！」

明らかに聖騎士という様子ではなかったが、この男もまた、アルアネやハウグレーのような、特殊な戦力として連れてこられたのかもしれないと思ったのだ。

俺が叫ぶと、男は顔の皺を一層と深め、不気味に笑った。

「**ゲゲ、ゲゲゲゲゲゲ！**」

男は手にしていたフェンリルの干し肉を、豪快に噛み千切った。くちゃくちゃと零しながら喰らい、また「ゲゲゲゲゲ」と笑った。

「美味《ウマ》イ、美味イジャネエガァ！」

その片言の言葉を聞いて、遅れて俺は理解した。

こいつ、『人化の術』を使った魔物か！

人間離れした外観も、それで納得がいく。恐らく『人化の術』のスキルレベルが、さして高くはないのだろう。

「**ゲエエエエエエ！**」

男が咆哮と共に両腕を天井へ突き出す。筋肉が膨張し、肩から新たに二本の巨腕が伸びた。二メートル程度だった身長が、三メートル以上になった。

恐らく、『人化の術』を半分ほど解除したのだ。

「ゲゲゲゲ！　皆殺シダアアアア！　ココノモノ、全テ、オレノモノ！　死ネ死ネ死ネ死ネ死ネ死ネ死ネ死ネ！」

男が俺へと突進してくる。四つの巨腕で猛攻を仕掛けてくる。俺は二本の腕で、四つの巨腕を弾く。

大した膂力だ。この最東の異境地の魔物の中でも、それなりにやる方だ。ここで下手にぶつかったら、滝の洞窟が滅茶苦茶にされちまいかねない。

俺は後方へ大きく跳んだ。男も俺へと続いて、滝の洞窟の外へと追ってくる。

「ゲゲゲゲ！　ニンゲンノ分際デ、ヤルジャネェカ。オレノ連撃ニ対応デキタノハ、コノ地ノ魔物デモソウイナイ」

男が背伸びをし、身体を鳴らした。

「……ダガ、完全体ナラドウカナ？」

男の身体が更に膨張していく。肌の色がどんどんと黒ずみ、胸部の筋肉が激しく蠢いたかと思えば、追加で二つの頭部が生えてきた。どんどんと人外の姿へ変貌していく。

最終的に、全長は八メートル程度にまでなった。大きな二本の尻尾《しっぽ》が舞う。二つの尾の先には口と、禍々しい牙がついていた。

【『ヴァナラ』：Aランクモンスター】

【三つの頭部を持つ巨大な猿。】

【猿猴王《えんこう》と称されることもある。】

【千年以上生き続けた猿が、異形の地にて仙人と化した存在。】

【道楽を好み、残虐かつ狡猾、そしてそれ以上に剛腕。】

なるほど、Aランクモンスターか。

『サァ、楽シマセテモウラゾ！』

俺も【人化の術】を解除した。

『貴様モ魔物カ。ホウ、チョットハデカイジャネエ、カ……』

俺の姿を前にして、ヴァナラが動きを硬直させる。かなり知能のある魔物のようなので、格の差を感じ取ったのかもしれない。

『マ、待テ！　ソウダ、サッキノ肉、獲ッテキテ返シテヤル！　ダカラ……！』

俺はヴァナラが止まったところを目掛けて、前足の一撃をお見舞いした。

ヴァナラは身体を地面に叩きつけ、大きく跳ねた。周囲が揺れ、地面に罅が入った。ヴァナラの三つの顔の、その全てが白目を剝いていた。

俺が追撃を放とうとしたとき、ヴァナラは素早く体勢を整えた。反撃に出てくるのかと思えば、素早くその場に座り込んで地面に頭を付けた。

『見逃シテクレ……後生ダ……！』

か、変わり身が早い……。

俺が手を出しかねていると、ヴォルクがマギアタイト爺の剣をヴァナラへと突き付けた。

「お前は殺す気で来たのだろう？　そんな虫のいい話があると思うか？」

『ワカッテイル……デモ、見逃シテクレ……！』

ヴァナラはバンバンと激しく頭を地面に打ち付ける。

『……なぁ、見逃してやろうぜ。無抵抗になった奴を殺すのは、寝覚めが悪い。それに俺、猿は喰う気になれねぇしよ』

それに、猩々《しょうじょう》達を思い出してやり辛い。

『オオ、ナント心ノ広キ竜……！　コノヨウナ聖竜ニ、オレハ初メテ出会ッタ……！』

ヴァナラが三つの面でおいおいと涙を流し始めた。

……う、うぜぇ、なんか苛々してきた。千年生きた猿は、ここまで薄汚くなっちまうのか。

「イルシアよ、この手の奴は、生かしていてもロクなことにならんぞ」

『ソ、ソンナコトハナイ！　ミ、見逃シテクレレバ、オレノ宝ヲヤル！』

ヴァナラが必死に俺へとそう言った。

宝……ねぇ。全然期待できねぇが……。

『それはなんだ？』

『教エル前ニ、オレヲ見逃スカドウカ、宣言シテモラオウ！　先ニ選ベ！　オレヲ殺スナラ、オレノ宝ハ教エテヤラン！　サア、ドウスル？　気ニナルダロウ！』

……なんでこいつ、強盗に押し入ってあっさり敗れておいて、上から目線なんだ？

「イルシアよ……やはりこいつは、仕留めておいた方がいいぞ」

『何故ダ！　コノ猿猴王ノ、トッテオキダゾ！　気ニナランノカ！』

「どうでもよい。気になるというより、気に食わん」

『ナ、ナンダト!?』

俺は溜息を吐いた。

『わかった、とっとと宝を持ってきて、そんでさっさと去ってくれ』

『オオ、サスガ！　真ニ力ヲ持ツ者ハ違ウ！』

ヴァナラはそう言うなり、凄まじい速度で去っていった。俺はその背を、ぼうっと眺める。

「……戻ってこないかもしれんな」

ヴォルクが呟く。……まぁ、そのときはそのときでどうでもいい。別に俺は、ヴァナラの宝とやらにさして期待はしていない。

それに、ヴァナラは狡猾だという話だった。恐らく、単に逃げるために吐いただけの嘘だろう。きっと戻ってくるつもりなどないのだ。

……そう思っていたのだが、すぐにヴァナラは戻ってきた。

腕には、人一人分くらいはある、巨大な木の実を抱えている。どうやら木の実は乾燥しているらしく、茶色く硬くなっていた。

ヴァナラは滝の洞窟の前へと木の実を置いた。

『コレガ、オレノ宝！　猿猴酒ソーマ！』

『……これが酒なのか？』

俺が問えば、ヴァナラは三つの頭で激しく頷いた。それから木の実の頭の部分を持ち、外した。どうやら中身をくり抜いて乾燥させ、入れ物として用いている様子であった。中には確かに液体が入っている。

『オレガ選ビ抜イタ、十二種ノ果実ヲ潰シテ、コノ中ニ入レル！』

ヴァナラが四つの腕を激しく開閉させた。握り潰してその汁を使っているらしい。

『ソシテソコニ、コノ猿猴様ノ神液ヲ入レ、百年寝カシテ発酵サセル！』

『神液……？』

俺が尋ねると、ヴァナラは口先を尖らせ、ぺぺぺと唾を吐いた。汚ねぇ。

「……イルシアよ、やはり斬った方がいい。ロクなものではないぞ」

『ナナ、ナンダト！　オレ様ノ宝酒ヲ愚弄スル気カ！』

ヴァナラが四つの腕を掲げて威嚇してくる。

『逃ゲヨウト思ッタガ、竜ノ広キ心ニ応エ、戻ッテキテヤッタトイウノニ……！』

……やっぱり逃げようと思っていたのか。しかし、狡猾で卑劣なわりに、どうやら無駄に義理に厚い魔物でもあるらしい。

う、ううむ、とりあえず詳細をチェックしてみるか……。もしかしたら全て大嘘で、やっぱり毒だったりするのかもしれない。


【『猿猴酒ソーマ』：価値Ａ＋】

【猿の王が百年掛けて造り上げる酒。】

【弱い者が口にすれば、苦しんで死に至る。】

【どんな酒豪でも数滴飲んだだけで倒れてしまうが、その味が忘れられなくなり、ついまた飲もうとしてしまうほどの美酒。】

【かつてこの酒と引き換えに、王座を手放した者がいたとされている。】

【世界三大幻酒の一つとして数えられている。】

　な、なるほど……価値は本物なんだな。しかし、こんなもののために王座を手放した奴がいたのか……。そいつ、結局アルコール中毒ですぐに死んでそうだな……。

『ありがとうよ、猿猴。じゃあ、こいつはいただいておくな』

　お礼を言うと、ヴァナラは「ゲゲゲゲ」と笑って三つの顔で歯を剥き出しにし、軽快に跳んで俺達から去っていった。忙しない奴だった。

　しかし、酒か……。相方の奴が、そういや大好きだったたな。リトヴェアル族からもらった貢物の酒壺に、大喜びで頭を突っ込んでやがったっけ。せっかくなら、この『猿猴酒ソーマ』とやらを相方にも、飲ませてやりたかったたな……。

　洞窟の中にいたアロ達も、ヴァナラの置いていった酒が気になったのか外に出てきた。

『な、なんだか、近づいただけでくらくらしますぞ……』

　木霊状態のトレントが、翼で頭を押さえる。猿猴酒から昇る気化したアルコール……というより、毒気にやられたのかもしれない。これはちょっと、普通の酒じゃねえからな……。

「捨テテシマエ、ナンダカ気分ガ悪イ」

アトラナートもそう口にしていた。

黒蜥蜴は円《つぶ》らな瞳を輝かせ、『猿猴酒ソーマ』を見つめていた。黒蜥蜴は毒を体内に取り込みたがる習性がある。この毒酒も、さぞご馳走に見えるのだろう。

『……せっかくだから、味見してみるか。なんか、捨てるのはあいつに悪いし、俺も興味がないわけじゃねぇからさ』

「我も酒は嫌いではない。……さすがに少し、水で薄めてからいただくがな。そのままでは、さすがに毒になりそうだ」

俺はアロが『クレイ』で作ってくれていたコップを滝の洞窟から持ってきて、『人化の術』を使った。竜の姿のままだと、これくらいあっという間に飲み干せちまう。せっかくだからゆっくりと味わわせてもらおう。

俺はコップを顔の近くまで移動させ、匂いを嗅いだ。強烈なアルコールと、甘酸っぱい濃厚な香りがした。大量の果物を煮詰めて腐らせたような匂いだ。貫くようなアルコール臭が、鼻を通り抜けて脳へと当たったような気がした。瞬間、少し視界が眩んだ。

「な、なるほどな……」

別にエグイとまでは言わねぇが……ちょっと飲むのを躊躇っちまう匂いだった。毒があるって話だったが、さすがに、俺は大丈夫だよな？　……これ、防御力の下がっている人化状態で飲んだらまずかったりしねぇか？

「キシッ！　キシィッ！」

黒蜥蜴は酒を入れた桶に頭を入れて、尻尾をぱたぱたと振って、翼を嬉しそうに開閉させていた。心なしか、いつもより体表が艶やかな気がする。

黒蜥蜴が喜んでいて何よりだ。……ただ、黒蜥蜴が喜んでいれば喜んでいるほど、やっぱりこれって毒なんだよなあと再認識させられる。

「ふー……ふー……ふー……」

ヴォルクは石の上に座り、息を荒らげて頭を押さえていた。水で薄めて一口飲んだらしいが、やっぱりちょっとキツかったらしい。

「む、無理するなよ……明日に響いたらヤベェからさ」

ヴォルクがちらりと俺を見る。

「イルシア……お前、そんな色をしていたのか」

「いつもと変わりねぇぞ!?　なぁ、大丈夫か!?」

なんだか、ヴォルクには見えちゃいけねぇ光景が見えているような気がする。

「ヴォルク……お前、もう、絶対そこまでにしろよ」

「わかっている、イルシア。我も馬鹿ではない」

ヴォルクはそう言いながら、トレントの方を向いていた。トレントは不思議そうに首を傾げ、翼で自分を示している。駄目だ、ヴォルクが馬鹿になってしまった。

俺も覚悟を決め、『猿猴酒ソーマ』とやらを一杯、ぐいっと勢いよく飲んでみた。まぁ、死ぬことはないだろう。

その瞬間、独特で濃い風味が、俺の口、鼻、そして全身を駆け巡った。頭に衝撃が走り、ぐわん、ぐわんと視界が揺れる。

……こっ、これはダメだろ。俺でさえこうなるんだから、ヴォルクが一発で駄目になっちまったわけだ。毒に完全耐性のある黒蜥蜴以外は禁止した方がよさそうだ。

ふと気が付くと、トレントが地面に横たわっているのが見えた。お、遅かったか……トレントもまた、好奇心に負けて飲んでしまったらしい。

「主殿、主殿ぉ……ふふっ、そんなお姿になって、どうしたのですか主殿？」

トレントは翼で地面をべんべんと叩き、地面の一点を目で追っている。教えてくれトレント、今のお前に、世界と俺はどう見えているんだ？

「……私ハ絶対ニ飲マナイ」

アトラナートはヴォルクとトレントの醜態を前に、そう断言した。賢明な判断であった。

「よくわからないけど、これ、美味《おい》しい気がします」

アロはにこにこと笑みを浮かべながら、『猿猴酒ソーマ』を飲んでいた。そ、そういえば、アロは状態異常完全耐性持ちだったな……。

俺は楽し気に『猿猴酒ソーマ』を飲むアロと、頭を抱えながら悶えているヴォルクへと交互に目をやった。……アロが平然と飲んでて、ヴォルクがちょっと口にしただけで苦しそうにしてるのって、なんだか面白い図だな。

ヴォルクは苦しげにしていたが、唐突にコップの残りを全て飲み干した。

「おいヴォルク、それは水じゃねえぞ！」

「わかっている。だが、酌んだ分は飲まねばなるまい」

「いや、これに限ってはそんな無茶しないでくれ！」

「しかし……これは悪くない、悪くないな……」

ヴォルクが立ち上がり、ふらふらと『猿猴酒ソーマ』の入っているバカでかい木の実へと近づき始めた。

「もう一杯だけ飲むとするか……」

「止めてくれヴォルク！　癖になってんじゃねえか！　そんなヴォルク、見たくねえよ俺！　アロ、水！　水を汲んできてやってくれ！」

「は、はい！　すぐに！」

俺はヴォルクへと駆け寄った。

「おい、大丈夫か！」

「なに、大丈夫だ。いつも心配を掛けて悪いな、レラルよ」

「それは剣の名前だろうが！　せめて生き物と間違えろ！　お前の頭の中では、あの大剣は喋るのか!?」

一瞬本気で、俺の知らないヴォルクの知人かと思ったぞ。いつもってなんだ、いつもって。お前はいつもあの大剣にどうやって心配してもらっていたんだ。

「マジでしっかりしろ……」

そのとき、バシャーンと音が鳴った。何事かと思って顔を上げれば、トレントが川へ落ちたところであった。

『主殿が、主殿が回っていますぞ！　大丈夫ですか、主殿！』

「回ってるのはお前の視界だ！　トレントォ、マジで洒落にならねえぞ！　早く上がってこい、溺れるぞ！」

俺も酔いかけていたが、この状況に一気に覚めていた。マジで死者が出かねない。あのクソ猿、とんでもないもの置いていきやがったな。

俺はトレントを追い掛けようとした。しかしそのとき、背後からマギアタイト爺の『念話』が聞こえてきて振り返った。

『ソ、ソレハ駄目ダ！　ヴォルク殿、手ヲ止メヨ！』

ヴォルクが次の酒を掬《すく》っているところだった。

「大丈夫だ、レラルよ。この三杯目で最後にする」

しかも、既に二杯目を飲み干した後かよ!?　なんだこの状況、地獄か!?

「アトラナート、絶対にヴォルクを止めておいてくれ！　これ以上は飲ませるんじゃねえ！　トレントは俺が助ける！」

俺は川へと飛び込んでクロールで進み、流されていくトレントを追いかけた。無事にトレントへと追いつき、抱えて引き上げることに成功した。

『も、申し訳ございませぬ主殿……一生の不覚』

「正気に戻ってくれて何よりだ」

『……さて、戻って飲み直すとしますかな』

「正気に戻ってくれトレント！」

俺はトレントの両翼を押さえて揺さぶった。しかし、トレントばかりに構ってもいられない。俺は急いで『猿猴酒ソーマ』の許へと戻った。

またヴォルクがとんでもないことになっているかもしれない。アトラナートがしっかり止めてくれているはずだが、不安は拭えない。

「許してくれぇえぇぇぇえ！　レラルゥゥゥゥウウ！　ドルディナァァアアアア！　我は駄目な使い手であった！　我が、我がふがいないばかりに、お前達をあんな目にいいいいいいっ！　我は、我は剣士失格である！」

ヴォルクは地面に突っ伏して叫び声を上げていた。とんでもないことになっていた。確か、どちらもヴォルクが戦いの中で破損させてしまった剣の名前であったはずだ。

アトラナートは冷めた目でヴォルクを眺めていた。

「止めてくれって言ったじゃねえか！　順調に悪化してんじゃねぇか！　放置して飲ませたな、アトラナート！」

「……止メヨウトシタガ、コノ醜態ニ、関ワル気ガ失セタ」

「気持ちはわかるけど、仕方ねぇんだって！　ソーマのせいだから！　ヴォルクは悪くねぇ、ヴォルクは悪くねぇんだ！　気持ちはわかるけど！」

俺は大急ぎでヴォルクの身体を押さえた。

「ヴォルク、頼むからこれ以上醜態を晒さないでくれ！」

「当たり前であろう！　もう我は、絶対にレラルやドルディナのときのような過ちを繰り返したりはしない！　魂に誓ってだ！」

「醜態はそれのことじゃねえ！　今のことだ！　チクショウ！」

「竜神さま！　トレントさんが、また川に！」

『主殿ー！　こっちですぞぉっ！　フフフ、さぁ、追い付けますかな！』

俺は頭を抱えてその場に蹲《うずくま》った。どうしてこうなった？

……その後、どうにかトレントを救助した俺は、トレントとヴォルクにたらふく水を飲ませ、滝の洞窟の奥へと運んだ。

かなり疲れた。これ、明日、ウムカヒメの許へ行ける体力があるんだろうか。

「あのクソ猿……次会ったら、絶対許さねえ」

因みに『猿猴酒ソーマ』は入れ物の木の実ごと叩き割り、『灼熱の息』で焼却しておいた。最初からそうしておくべきだった。なんならあのクソ猿もそうしておくべきだった。いや、悪意はなかったんだろうが、それでもやっぱり許さねえ。

「レラルゥー、レラルゥー！　我が愛しのレラルよぉぉぉぉぉ！」

ヴォルクが泣き叫ぶ声が聞こえる。今のヴォルクの言動は、明日になったら全て忘れてやることにしよう。

俺も多少は酒が回っているようで、まだ身体がふらつく。それに、凄く眠いのだ。トレントを寝かせたところで、その場に倒れ込んでしまった。

「だ、大丈夫ですか、竜神さま！」

アロが大慌てで駆け寄ってきた。

「ううぷ……き、気分が悪い……」

頭がくらりとする。ちょっとしばらく、このまま横になりたい。

トレントが俺へと抱き着いていた。

「主殿ぉ、主殿ぉ……」

俺はトレントの背へと腕を回す。……この木霊状態のトレント、結構抱き心地がいいかもしれない。すべすべしていて気持ちいい。

アロは驚いたように俺をじっと見ていたが、何かを決心したようにごくりと息を呑み、顔を赤くして俺の方へと抱き着いてきた。

「りゅっ、竜神さま！　わっ、私もなんだか、酔ってきてしまいました！」

……アロは状態異常の完全耐性があるから、ぴんぴんしてなかったか？

書き下ろし番外編　とある聖女の独白

1

物心付いた頃、リリクシーラはリーアルム聖国の大聖堂で暮らしていた。それより前の記憶はない。周囲は彼女を聖神様の遣いだ、聖女様だと、そう呼んでいた。

彼女には、他の者には聞くことのできない、不思議な声が聞こえていた。いつから聞こえていたのか、それは彼女にもわからない。気が付いたときには、その声と共に自身があったのだ。その声は気紛れだったが、彼女の悩みや相談を聞いたり、様々なものを教えてくれたりした。

教会の教えでは、その声は『聖神様の声』と呼ばれていた。それはかつて邪神フォーレンを封印し、世界を救った六大賢者の一人なのだという。

幼少のリリクシーラには『聖神様の声』が唯一の友であった。聖神の遣いとして神聖視されていた彼女には、対等な話し相手というものがいなかったのだ。

リリクシーラは神官達から、貴女はこの国を導く英雄にならなければならないと言われ、厳しい教育を受けて育った。『聖神様の声』も度々そのようなことを口にしていた。リリクシーラにとって、自身が聖国の英雄になるというのは当然のことであって、そこに疑う余地などはなかった。そうならなければならないと、修練を続けてきた。

リリクシーラが七歳のとき、大聖堂の庭を歩いていると、大声で喧嘩をする声が聞こえてきた。慌ててそこへ向かえば、少年が地面に座り込んでいた。

少年は短い金髪をしていた。少しキツい印象の、三白眼が特徴的であった。顔や身体には、打撲の痕がある。口の中が切れているらしく、唇から血が垂れていた。

「ど、どうしたのです？　酷い怪我ですよ」

「教会魔術師の見習いか」

金髪の少年はリリクシーラを見て、そう呟いた。

「私はアルヒス、聖騎士見習いだ。訓練を怠ける不届き者がいたので、告発してやった。そうしたら集団で報復に出られた。全く、どこまでもくだらない連中だ」

アルヒスはよろめきながら立ち上がろうとする。リリクシーラはアルヒスに駆け寄った。

「無理に起き上がらないでください。〖レスト〗！」

リリクシーラが杖を掲げる。アルヒスの身体を優しい光が包み、傷を癒していった。

「これで、少しはよくなったはずです……」

「驚いた。私と大きく変わらない歳なのに、もう魔法が使えるのか」

アルヒスは自身の身体に目を落とし、顔を手で触れ、驚いていた。

「なかなかやるようだな、感謝しておいてやる」

アルヒスが立ち上がり、リリクシーラへと距離を詰め、彼女の手を取って握手をした。

「え、えっ？」

リリクシーラはびくりと肩を震わせ、顔を赤くした。

「なんだ、どうした？」

リリクシーラは同年の異性と関わる機会がほとんどなかったため、気恥ずかしさがあった。多くの者は、畏れ多いとリリクシーラに無闇に近づくことさえ避けているくらいなのだ。距離を詰めてきて、かつ握手まで求められることなど、初めてのことであった。

リリクシーラは半ば振り解くようにアルヒスの手を離し、逃げるように数歩退いた。

「ごご、ごめんなさい、その、あまり同年の方とお話しする機会がなかったので、慣れていなくて……」

「そうか？　何にせよ助けられたぞ」

「ま、待ってください！」

去ろうとするアルヒスを、リリクシーラが呼び止めた。

「……どうした？」

「あ、あの、もう少しお話ししませんか？」

それから少しの間、二人で石段に並んで座り、話をした。

「どいつもこいつも、くだらぬ奴ばかりだ。誰かに褒められることと、叱られないこと、そして楽をすることばかり考えている。聖騎士候補であるという、その自覚に欠けている。あんなのが将来同期になるかもしれないのが恐ろしい」

アルヒスはよほど他の者達に不満があるのか、その愚痴ばかり零していた。

「この国だって、戦争に巻き込まれるかもしれない。そうでなくても、いずれ近い内に、世界のどこかに魔王が現れるといわれている。私達はそうした災厄に対し、正面に立って相手取らねばならないのだ。奴らにはその自覚がない」

「アルヒスは立派ですね」

「当然のことをしているだけだ。私は、父や母、他の親族や友を守りたい。そして今の私は聖騎士見習いであり、いずれは彼らを守ることのできる立場にある。やりたいことをやっているだけだ。そこに、立派も何もあるものか」

アルヒスは真っ直ぐな少年だった。リリクシーラは自分もアルヒスのようにありたいと思った。そう考えて、そこでふと、自分が何のために行動しているのかわからなくなってしまった。

ずっとリリクシーラは、そうあらなければならないと言われ、何の疑問も抱かずに、聖国を導く英雄となるための修練を重ねてきた。掘り下げて考えると、そこに、それ以上の理由がなかったのだ。それに気が付いたのは、これが初めてのことであった。リリクシーラには、アルヒスほど、迷いなく自分の信念を話すことができなかった。

「……やっぱり、アルヒスは立派ですよ」

リリクシーラは溜息を吐いた。

「お前も立派だ。その歳で、魔法を使い熟《こな》せる奴がいるとは思わなかった」

「いつか……その、私と共に戦ってもらえますか？」

聖女には、聖騎士の中から普段から行動を共にする親衛の従騎をつけることになっていた。それがアルヒスであれば嬉しいと、リリクシーラはそう思ったのだ。

「ん？　ああ、まあ、教会魔術師と聖騎士が肩を並べて戦うこともあるだろうな」

アルヒスはそう言って顔を上げる。目線の先には、大聖堂の近くに立つ時計塔があった。時刻を確認して、アルヒスは眉を顰めた。

「私はそろそろ行こう」

アルヒスが立ち上がった。

「あ、あの！　また、お話ししてもらえますか！」

リリクシーラがそう言うと、アルヒスは彼女を振り返り、くすりと笑った。

「ああ、いずれまたな。そういえばお前、名前は何という？」

アルヒスはそう言ってから、顎に手を当て、首を傾げた。

「あれ……お前、そういえばどこかで見たような……？」

「リリクシーラ様！　こちらにいらしたのですね！」

一人の神官が、リリクシーラの許へと駆けてきた。

「困ります！　座学の時間に遅れられては、私が怒られてしまうのですよ！　ささ、こちらへ！」

「す、すぐに向かいます！」

リリクシーラは神官に頭を下げ、立ち上がった。

アルヒスは大きく口を開け、リリクシーラを指差した。

「せせ、聖女様ぁ!?」

ただの教会魔術師見習いだと思っていたのだ。いずれ仕えるべき相手である聖女にタメ口を利くなど、リリクシーラが許しても周囲が許すことではなかった。

「も、申し訳ございませんっ！　大分前に、遠目から一度見たきりでしたもので！　無礼をお許しください！」

リリクシーラはその様子にくすくすと笑う。

「嫌ですわアルヒス、そんな畏《かしこ》まらなくとも、さっきまでのように普通に話していただければ……」

「でで、できません！　さすがにそれは、聖女様の頼みでも！」

「貴様！　聖騎士見習いの分際で、リリクシーラ様に馴れ馴れしい口を利いていたのか！　おまけにリリクシーラ様に指を差すなど、無礼千万であるぞ！」

「こ、これまで、お顔をはっきりと拝見する機会がなかったのです！　お許しを！」

アルヒスは神官とリリクシーラの言葉の板挟みに合い、泣きそうな顔になっていた。

後日、リリクシーラはよくアルヒスの許を訪れるようになった。それが発端で、ちょっとした騒ぎになることもあった。聖女は聖神様に身を捧げる存在であるという考えにより、恋愛ごとを厳しく禁じられていた。そのため、リリクシーラの言葉から随分と親しい聖騎士見習いの男がいるらしいと勘繰った神官達が、大慌てしたのだ。

しかし、神官達がいくら捜しても、リリクシーラと親しい男の聖騎士見習いが見つからなかった。そのことが、目を盗んで会っているのではないかという話に繋がって、余計に騒動を大きくした。

その原因は、リリクシーラがアルヒスの性別を勘違いしていたことにあった。アルヒスは短髪で、顔つきも中性的であったため、リリクシーラは勘違いをしていたのだ。アルヒスは少年ではなく、少女であった。

神官達がいくら捜しても見つからないはずであった。女であることが明らかであったので、まさかアルヒスのことであるはずがないと思っていたのだ。真相が発覚した際には、リリクシーラもアルヒスも大恥を掻くことになってしまった。おまけに神官に暴かれるまでリリクシーラはアルヒスが少女であることを知らなかったため、ショックで三日寝込む珍事になってしまった。

色々と小さな事件を引き起こしながらも、リリクシーラとアルヒスは仲を深めていった。あるとき、リリクシーラはアルヒスへとこう言った。

「私は今まで、自分の目的に理由がありませんでした。国民を守れと言われても……その国民達のことを、私は何も知りません。ですから、もっと大きくなったら、聖国中を見て回りたいと考えています」

「いい考えであるかと、リリクシーラ様」

「でも……いつになるのか、わかりません。だからそれまでは、私の大切なアルヒスが守ろうとしている人達を守れるように、頑張ってみようと思います」

2

リリクシーラが『聖神様の声』に六大賢者や邪神フォーレンについて尋ねたとき、その問いには決まって同じ文言が返ってきていた。

【特性スキル〖神の声：Lv4〗では、その説明を行うことができません。】

話すことができないのか、意図して伏せているのかもわからなかった。

ただ、諦めずに遠回しに六大賢者のことをあれこれと問うたとき、一度だけ答えが返ってきたことがあった。

【愚かな奴らだよ。皆、フォーレンの正体も知らないまま恐れたり、怒ったりしている。キミも、真相を知ることはないだろう。ボクはいずれ、アレを使って他の六大賢者とこの世界の全てに、報

復してやるんだ。キミ達はそのための生贄《いけにえ》だよ。】

そう話していたときの『聖神様の声』は、いつもと調子が全く違っていた。これまでは普段、何を聞いてもあまり感情的に返してくることはなかったのだ。しかし、そのときばかりは、強い憎悪が込められていた。

それはリリクシーラが十歳のときのことであった。このときよりリリクシーラは、国中が崇めているこの声は、もしかしたらそれほど善良なものではないかもしれないと思い悩むようになった。

だが、この頃のリリクシーラは既に、判断の大部分を『聖神様の声』、または『聖神様の声』の力を借りて行う予言に頼るようになっていた。聖国はリリクシーラの聞く『聖神様の声』に頼って、国政の判断を彼女に任せる機会が増えたのだ。リリクシーラがどれだけ『聖神様の声』を疑問に思っても、頼らないわけにはいかなかった。

その内に『聖神様の声』は、不穏な指示をリリクシーラに出すことが増えていった。それに従って、聖騎士達に他国を訪れさせて相手を威圧させ、自国に有利な条約を押し付けることもあった。弱小国に難癖をつけて戦争を仕掛けることもあった。

いつしかリリクシーラの手は血に汚れていた。このときアルヒスはかつての約束を果たして、無事にリリクシーラの側近の聖騎士になっていた。

しかし、段々とリリクシーラの考え方や動き方は『聖神様の声』のために歪みつつあった。アルヒスの性根は真っ直ぐで、リリクシーラの判断に素直に従えないことが増えてきていた。

それでもリリクシーラは敢えてアルヒスを側近に置き続けた。周囲も不思議がっていた。だが、リリクシーラは、アルヒスが正反対の考え方だからこそ、傍においておけば、自身が決定的に判断を誤る前の抑止力になるはずだと信じていた。

この頃、リリクシーラは既に、アルヒスにも自身の弱みや本音を見せなくなっていた。だが、それでもアルヒスの傍にいると、心が安らぐのを感じていた。

考え方の違うアルヒスに対し、きつく当たることも多かった。しかし、それも考えなしに鬱憤をぶつけていたわけではない。非道な仕事を、あっさりと割り切って熟せてしまう人間よりも、自分で思い悩んだ末に、葛藤しながら熟す人間に任せたかったのだ。だが、そのためにも、アルヒスの甘い面は矯正しなければならないと、リリクシーラはそう考えていた。リリクシーラはアルヒスの性格は好きだが、ただのお人好しでは自身の側近としては困るのだ。

そうこうしている内に、七年の月日が経った。そのとき、リリクシーラの人生を左右する、大きな事件が起こった。

【驚いた。本気でボクを出し抜けると、そう考えていたのかな？】

【ここまで干渉しなかったのは、キミの意思を極力尊重してあげたかったからだよ。でも、これ以上はさすがに面倒だから、軌道修正させてもらうよ。教えてあげるよ、キミにはボクに全力で協力する以外の道はないんだってさ。】

【キミがそういうしょうもない反抗を計画しているのなら、その態度を改めさせるために、わから

せてやらなくちゃいけない。】

【いいか、イルシアを殺せ。もしもキミが神聖スキルの争奪戦に敗れた際には、キミの大事なリーアルム聖国にボクの『スピリット・サーヴァント』を嗾けて滅ぼしてあげるよ。】

リリクシーラが『ウロボロス』のイルシアと同盟を組み、魔王と化したスライムの討伐を計画している頃だった。幸い、イルシアは真っ当に話のできる相手であった。この手順なら『聖神様の声』を出し抜くことができるはずだと、そう考えていた矢先のことであった。『聖神様の声』の脅迫を受けることになってしまった。

だが、いざとなれば『聖神様の声』が形振《なりふ》り構わず神聖スキルの争奪戦を行わせようとしてくることはわかっていた。そのために魔王スライムの討伐に、イルシアを裏切る必要に迫られた場合に備えて、イルシアを嵌《は》めるための罠を用意していた。

「ごめんなさいね、優しいドラゴンさん」

リリクシーラは大聖堂にて一人、そう呟いた。今やリリクシーラは、誰にも素直な表情を見せられなくなっていた。あまりに彼女は血で汚れすぎていた。アルヒスと『聖神様の声』について完全に情報を共有することが難しいため、彼女にもほとんど心情を吐露しなくなっていた。また、下手に話せば、それがまるで自身の蛮行を正当化する言い訳のようで、気分が悪かったのだ。

そうしてリリクシーラは、魔王スライムとの戦いの中でイルシアを罠に掛け、彼を殺そうとした。だが、それは結局失敗することになった。痛み分けの状態となり、手負いのイルシアを逃がすことになってしまった。

リリクシーラは策を練り直し、必要な戦力を集め、イルシアのいる最東の異境地へと向かった。最東の異境地では、これまで彼女が体験してきたどの戦いよりも苛烈な殺し合いが繰り広げられた。よく見知った聖騎士が、次々にあっさりと命を落としていく。

その果てに、リリクシーラは『メタモルポセス』を用いて伝説級のモンスター『ホーリーナーガ』へと変異した。これまで、何千、何万という命を犠牲にしてきたのだ。今更自分一人の姿など、天秤に掛けるほどの価値もないことであった。

不安があるとすれば、自身が伝説級になったこと、それ自体であった。『聖神様の声』は、伝説級の魔物の誕生を願っている。できれば『メタモルポセス』なしでイルシアを倒したかったが、最早、今更どうしようもないことであった。

最後の激戦の中、アルヒスが援護に現れた。アルヒスの性格であれば、役に立てないと思ってもここへ来てしまうことは、充分に考えられることであった。しかし、何としてでも、何に代えてでも、この場から追い出してしまいたかった。

だが、最悪なことが起こった。

『……次は当てるぞ。お前じゃ、勝負にならねぇ。下がってやがれ』

イルシアは、わざとアルヒスへの攻撃を外し、脅しを掛けてきたのである。この場面において、貴重な魔力を浪費する行為であった。これによってアルヒスは、無意味な戦力ではなくなってしまった。だとすれば、これまで何万と犠牲を出してきたリリクシーラには、自身の友だから、という理由でアルヒスを逃がすことはできなくなってしまった。

「やはり貴方は、甘いですね」

リリクシーラは激情を堪えて笑った。それはきっと、自身への嘲弄であった。

アルヒスは戦いの中で命を落とした。それも、リリクシーラの手で殺すことになった。そこまでやって、その果てに、リリクシーラは敗れた。イルシアの前で地に横たわり、まともに身体を動かすことができなくなっていた。

『……さすがのお前も、もうこうなっちまったら何もできそうにねぇな』

「……ああ、そうですか。私は、負けたのですね」

イルシアの言葉に、どこか他人事のようにリリクシーラはそう零した。

「……我儘を聞いてもらえませんか？」

『何だ？』

「アルヒスを、私の傍に連れてきてください」

お人好しなドラゴンは、遠くに倒れていたアルヒスを連れてきて、倒れたままのリリクシーラの傍へと寝かしてくれた。

リリクシーラはアルヒスへと目をやった。アルヒスの死体は、不思議と損傷はなかった。血塗れだが、顔は崩れていないし、四肢も千切れてはいない。

リリシーラの瞳から、涙が零れた。

「……ごめんなさい、アルヒス」

リリクシーラはそう零し、アルヒスの頬へと手を当てた。久し振りにアルヒスへと向けられる、何の嘘偽りもない言葉と表情であった。幼少の、出会ったばかりの頃の記憶が自然と蘇ってきた。

『……馬鹿なことかもしれねぇが、もう一度だけ、俺はお前を信じる。お前を生かしたまま、戦いを止めてくる。だから、絶対にそこを動くんじゃねぇぞ』

イルシアは、リリクシーラにそう言った。

「貴方は、本当にお人好しですね。アルヒスは、少しだけ貴方に似ていました。……全てをアレの思い通りにはさせないでください。アレにとっても、貴方は価値を持った存在になりました。貴方を無意味に殺す様な真似はできないはずです」

対話が終わり、イルシアは飛んでいった。だが、リリクシーラは、こう答えたときには、どうするつもりなのか、既に決心はついていた。

元より、こうなった以上、自身には最早、何もできることは残されていなかった。多大な犠牲を払って、イルシアに対抗できる手段を用意していたのだ。その結果がこれだ。多くの兵を、犠牲を、無駄にしてしまったのだ。敗戦の将として、責任を取らねばならなかった。

「……『グラビリオン』」

そう呟き、最後の魔力を使い切って、魔法を行使する。半透明の黒い立方体が現れ、リリクシーラを包み込んだ。

壁の向こう側に、アルヒスの顔が見えた。そのとき、ふと、かつて幼き日の自分が口にした言葉を思い出した。

『私は今まで、自分の目的に理由がありませんでした。国民を守れと言われても……その国民達のことを、私は何も知りません。ですから、もっと大きくなったら、聖国中を見て回りたいと考えています。でも……いつになるのか、わかりません。だからそれまでは、私の大切なアルヒスが守ろうとしている人達を守れるように、頑張ってみようと思います』

幼き日に、リリクシーラは、アルヒスへとそう言ったのだ。

「ああ、そっか」

小さな声で、リリクシーラは呟く。

「アルヒス、本当は私、貴女を守りたかったんだ」

急激に収縮していく『グラビリオン』の黒い光の壁が、リリクシーラの弱った身体を押し潰した。

あとがき

作者の猫子です。

ドラたま十二巻をお買い上げいただき、ありがとうございました！

ここまでよく巻数が出せたものです。毎回このスペースで言っているような気もしますが、一つ数字が上がるごとに、ここまで来たのかといつも驚いてしまいます。

これまでの総文字数はだいたい百七十万文字くらいみたいですね。書き下ろし番外編を合わせると百八十万文字を超えると思います。

因みに昔、ドラたま連載の初期の頃、出版関係の方に「何万文字くらいで完結を考えていますか？」と尋ねられ、「多分百万文字くらいだと思います」と答えて驚かれたことがあります。

十巻出せるライトノベルはあまり多くないようですので、そういう意味ではちょっと無謀だったのかもしれないなと、今振り返ると少し思います。

すが。

……もっとも、なんやかんやで予定よりかなり長くなり、間違いなく二百万文字は突破しそうで

プロの漫画家さんのお話で「人気に合わせた時期に完結ができるように、終われるタイミングを最初から三つほど用意しておく」というものを聞いたことがあります。なるほどとは思いましたが、自分はそんな器用なことはちょっとできそうにありませんね……。

細かい設定やキャラ付けなど、書いている間に変化した部分は勿論ありますが、初期構想通りの完結を迎えることができそうです。

それも買い支えてくださっている読者の皆様のおかげです。本当にありがとうございます！

コミック アース・スター様にて配信されている漫画版ドラたま、イバラのドラゴンロードもそろそろ一章完結（第二巻までの内容）が近づいてきましたね……。
この辺りを執筆していたのは、もう五年近く前のことになるんですよね。懐かしいような、新鮮なような、そんな気持ちで自分も更新を心待ちにしております。同じ感覚の読者様も多いのではないかと思います。

サイトでは一話目と最新話付近のみの公開ではありますが、コミック　アース・スター様のサイト限定で『とある神の声の話』を限定公開しておりますので、まだ見たことがない、という方は一度チェックしてみてください。

自分の別作品、呪族転生のコミカライズもそちらで配信しておりますので、ぜひそちらもご確認ください……！


……まだもうちょっと後書きのスペースがありそうですね。これもまた毎回書いているのですが、自分は本当に後書きを書くのが苦手です。というかぶっちゃけ、大半の作者さんは苦手なんじゃないかなと疑っております。

ただ、自分はいつも後書きに小説を書く五倍くらいの時間が掛かっているので、多分多くの作家さんの中でも頭一つ抜けて苦手だと思います。

ぶっちゃけ単発の小説であれば色々と書くこともあるかもしれませんが……その、シリーズものなので……。

世の中には五十巻を超えるようなライトノベルもあるわけですが、そうした作品の後書きはどうなっているのでしょうか？

一度全部集めて、後書きを読み比べてみたいです。絶対何回か同じを話していると思うんですよね、自分みたいに。


まだスペースがあるので、ちょっとした裏話を。

生々しい制作話は萎える人も多いかなとは思うのですが、そういう人はシリーズものの後書きなんて見に来ないだろうと信じて書かせていただきます。

これまで十一巻分の後書きで、こいつ後書きに大したこと書いていないなというのはバレバレだと思いますし……。


さて、当然ですがシリーズもののライトノベルでも、いつも一巻ごとにある程度は内容が纏まっているところで区切るようにしているんですよね。

とはいっても、自分は特にそこまで字数を気にして書いているわけではありません。でしたが、不思議と書き上がってみれば、いい文字数で丁度区切りやすい展開になってくれているんですよね。なんとありがたい。

確かドラたま三巻は大幅な文字数削りに苦労したのですが、それも大変だったのはシーンを削らずに表現だけどうにか端的にして調整に当たったのが大変だっただけですので。

そこ以外は文字数で大きく苦労したことはありませんでした。

……これまでは、そうでした。


十巻から続くリリクシーラ決着編ですが、二巻で纏めるには長すぎる、三巻で纏めるには短すぎるという、どちらに転んでも地獄の状況でした。

ただ、どうせ苦労するならシーンを削らないで済む方にしようということで、リリクシーラ決着編は十巻、十一巻、十二巻となりました。

必要だと思って書いた文章を削るというのは、なかなか心苦しいものがありますので。


本当は十二巻は完全にリリクシーラの巻にして、神の声との接触は十三巻で行いたかったのですが、そうなると十二巻の字数が大変なことになりますので、この巻で神の声との接触を行うことになりました。

そういう事情もあって、今回の書き下ろし小説は二本で一万八千文字なんですよね……。

後書きを見ていない人には内緒でお願いします。

もう少し文字数を考えながら書いていかないとな、と反省させられた一巻でした……。

何事に当たるにも、細かく計画を練って動くことが重要ですね。読者の皆様には猫子を反面教師にしていただければと思います。

猫子

絵がなかった人たち・・・

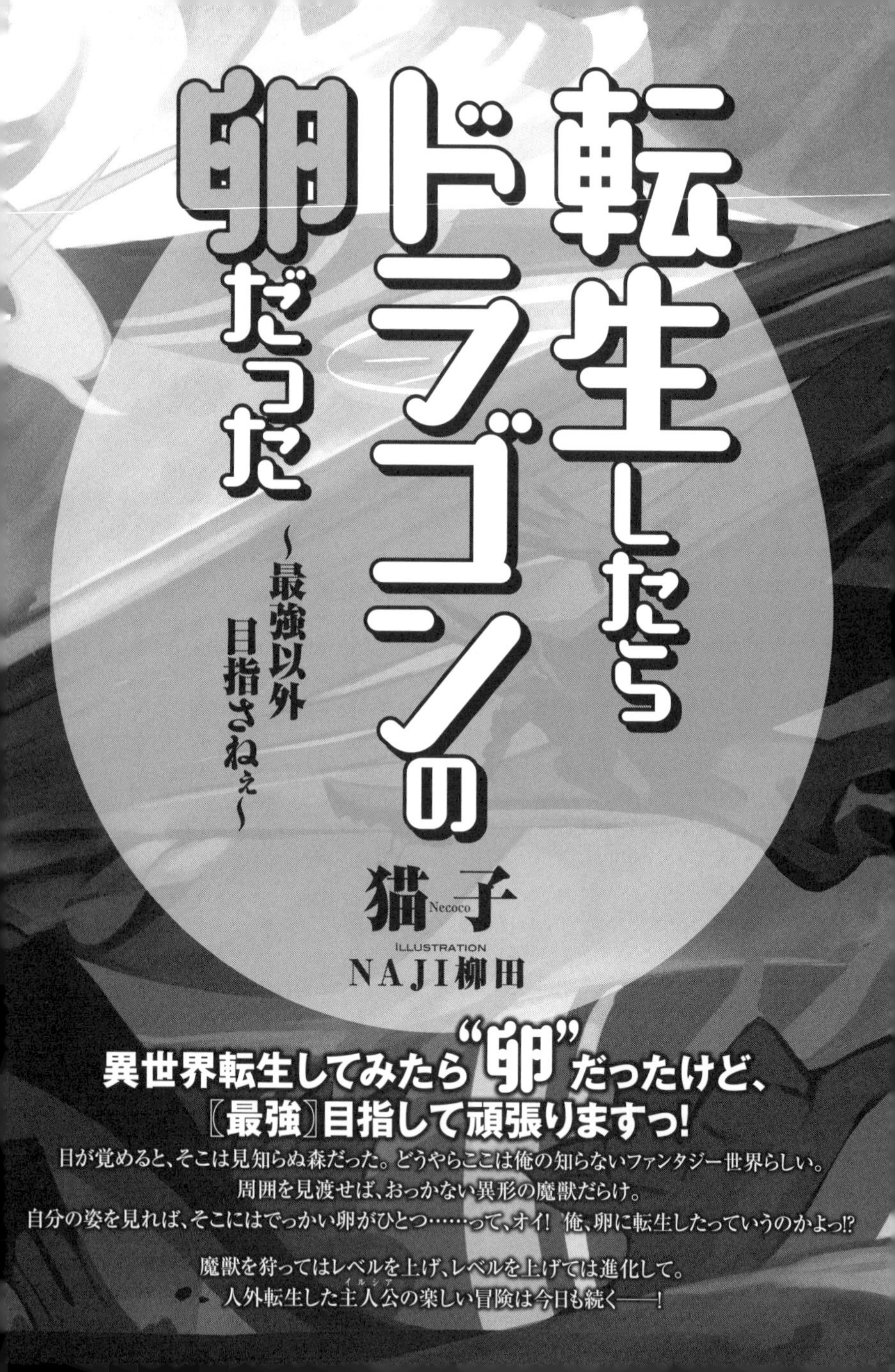

転生したらドラゴンの卵だった
~最強以外目指さねぇ~
猫子
Necoco
ILLUSTRATION
NAJI柳田
異世界転生してみたら"卵"だったけど、
〖最強〗目指して頑張りますっ!
目が覚めると、そこは見知らぬ森だった。どうやらここは俺の知らないファンタジー世界らしい。
周囲を見渡せば、おっかない異形の魔獣だらけ。
自分の姿を見れば、そこにはでっかい卵がひとつ……って、オイ! 俺、卵に転生したっていうのかよっ!?
魔獣を狩ってはレベルを上げ、レベルを上げては進化して。
人外転生した主人公《イルシア》の楽しい冒険は今日も続く——!

コミカライズ
好評連載中!
2億7000万PV超の
大人気人外転生ファンタジー!
転生したらドラゴンの卵だった
1
2
3
4
5
6
7
8
9
10
11
12
最新刊!

がココにある。
私、能力は平均値でって言ったよね!
私の従僕
二度転生した少年はSランク冒険者として平穏に過ごす
～前世が賢者で英雄だったボクは来世では地味に生きる～
転生したらドラゴンの卵だった
～最強以外目指さねぇ～
戦国小町苦労譚
領民0人スタートの辺境領主様
毎月15日刊行!!
https://www.es-novel.jp/

あなたの“好き”
反逆のソウルイーター
～弱者は不要といわれて
剣聖（父）に追放
されました～
転生した大聖女は、
聖女であることをひた隠す
冒険者になりたいと
都に出て行った娘が
Sランクになってた
即死チートが
最強すぎて、
異世界のやつらがまるで
相手にならないんですが。
人狼への転生、
魔王の副官
アース・スター ノベル
EARTH STAR NOVEL

EARTH STAR NOVEL

転生したらドラゴンの卵だった
～最強以外目指さねぇ～　12

発行 ―――――――― 2020年5月15日　初版第1刷発行

著者 ―――――――― 猫子

イラストレーター ―――― NAJI柳田

装丁デザイン ―――――― 関善之＋村田慧太朗（VOLARE inc.）

発行者 ―――――――― 幕内和博

編集 ―――――――― 齋藤芙嵯乃

発行所 ―――――――― 株式会社 アース・スター エンターテイメント
〒141-0021　東京都品川区上大崎3-1-1
目黒セントラルスクエア　5F
TEL：03-5561-7630
FAX：03-5561-7632
https://www.es-novel.jp/

印刷・製本 ―――――― 中央精版印刷株式会社

ISBN 978-4-8030-1420-4